Genel Y

TÜRK EDEBİYATI

SUNAY AKIN
HAYAL KAHRAMANLARI

Sertifika No: 29619

EDİTÖR
RÛKEN KIZILER

GÖRSEL YÖNETMEN
BİROL BAYRAM

DÜZELTİ
ADİL İZCİ

GÖRSEL HAZIRLIK
GÜROL KUTLU

GRAFİK TASARIM UYGULAMA
TÜRKİYE İŞ BANKASI KÜLTÜR YAYINLARI

1. BASIM: KASIM 2015, İSTANBUL

ISBN 978-605-332-606-9

BASKI
YAYLACIK MATBAACILIK
LİTROS YOLU FATİH SANAYİ SİTESİ NO: 12/197-203
TOPKAPI İSTANBUL
(0212) 612 58 60
SERTİFİKA NO: 11931

TÜRKİYE İŞ BANKASI KÜLTÜR YAYINLARI
İSTİKLAL CADDESİ, MEŞELİK SOKAK NO: 2/4 BEYOĞLU 34433 İSTANBUL
Tel. (0212) 252 39 91
Fax. (0212) 252 39 95
www.iskultur.com.tr

hayal kahramanları

SUNAY AKIN

TÜRKİYE İŞ BANKASI
Kültür Yayınları

Sema Kutlu, Işıl Barlan ve Fuat Özgüz'ün anısına...

İÇİNDEKİLER

Drakula İstanbul'da!

Cankurtaran Camii'nin karşısındaki konağın salonunda bir akşam, Hariciye Nezareti'nde veznedar olan Hüsnü Bey, eşi ve altı çocuğuyla oturmuş, duvara bakmaktadır. Bunun nedeni, ailenin küçük oğlu Muhsin'in o gün Yıldız Sarayı'nda sünnet olmasıdır. Dönem, II. Abdülhamit dönemidir. Muhsin, sünnet olduğu yılı anımsamasa da, o günün akşamı ailece duvarı seyretmelerini hiç unutmayacaktır. O yıllarda çocukların beş yaşında sünnet edildiğini düşünecek olursak, çocuğun doğum yılını da bildiğimiz için, salondaki sehpanın üstünde duran Fransız *L'ILLUSTRATION* dergisinde 1897 yılı yazıldığını söyleyebiliriz.

O akşam, sadece duvara bakan çocuklar değil, Hüsnü Bey de eşiyle birlikte gördükleri karşısında kahkaha atarak gülmektedir. Muhsin, o akşamı şöyle anlatacaktır: "Aldığım tek sünnet armağanı Laterna Magica oldu. Evdekiler için de duvara yansıyan ördeğin yürümesi ilginçti."

Laterna Magica, sinemanın atası sayılan bir optik oyuncaktır. Küçük bir sobaya benzeyen bu oyuncağın içinde yanan ateş ile mercek arasına konulan camların üstündeki resimler, duvara yansımaktadır. Bütün aileyi etrafında toplayan "Sihirli Fener"in camları ilk sinema filmleri sayılır. Bu camlarda hayvan ya da manzara resimlerinin yanında, *Robinson Crusoe* ve Grimm Kardeşler'in masalları, *Don*

Yirmi dört yaşında bir ihtiyar:
Muhsin Ertuğrul.

Kişot gibi edebi eserlerin kahramanlarının yer aldığı, çizgi romanın ilk örnekleri sayılacak resimler de görülebilir.

Muhsin adlı çocuğu yıllar sonra veliaht Abdülmecit Efendi'nin karşısında görürüz. Abdülmecit Efendi, Bağlarbaşı'ndaki konağında Muhsin'i karşısına oturtmuş, resmini yapmaktadır. Ne var ki Muhsin artık bir çocuk değil, saçları dökülmüş, teni kırışıklarla dolu bir ihtiyardır. Son halife olarak da tarihe geçecek olan Abdülmecit Efendi, Muhsin'i *Baykuş* adlı tiyatro oyununda görmüş ve sahnede canlandırdığı ihtiyar adam karakterini çok beğenerek resmini yapmak istemiştir. İşin aslına bakarsanız, Abdülmecit Efendi'nin ihtiyar adam portresine modellik yaparken Muhsin, yirmi dört yaşında bir delikanlıdır.

Neler olup bittiğini öğrenmek üzere Muhsin'e kulak veriyoruz: "Tiyatro dünyası o zamanlar öylesine araç ve gereçten yoksundu ki, başıma bir ihtiyar perukası bulmam olanaksızdı. Piyesin sonunda yere düştüğüm zaman, başımdan fesim ve sarık gibi sarılan yemenim bir yana fırlıyor, kendi saçımla başım ihtiyar görünümümü yalanlıyordu. Bunu inandırıcı bir duruma sokmak için başımın ortasındaki saçları, dökülmüş saç gibi usturayla kestirmeye karar verdim. Berbere giderek saçlarımı, yaşlıların dökülmüş saçları tarzında kazıttım."

Bu bilgilerin ışığı altında, Abdülmecit Efendi'nin ihtiyar adam portresinin kahramanının aslında bir delikanlı olduğunu söyleyebiliriz. Abdülmecit Efendi'nin Abdülhak Hamit Tarhan, Recaizade Mahmud Ekrem, Tevfik Fikret ve Pierre Loti gibi dönemin ünlü sanatçılarının portrelerini yaptığı bilinir. Ressamın yaptığı sanatçı portrelerinde bir gizli kahraman vardır ki o da, ihtiyar adam tablosundaki Muhsin'dir. Abdülmecit Efendi sahnede beğendiği ihtiyar adamın yirmi dört yaşında olduğunu öğrendiğinde çok şaşırmış ve onun oyun gücünü daha da takdir etmiştir, ama Muhsin, portresini yaptığı sanatçılar kadar usta ve ünlü değildir. Zaten, tarihteki son halife unvanına da sahip olan Abdülmecit Efendi'nin Muhsin'in resmini yapmasının nedeni de sanatçı kimliği değil, sahnede canlandırdığı karakterin görünümünü beğenmesidir. Muhsin adlı delikanlı, çok sevdiği tiyatro sanatına ilk adımını attığında tanınmamak için adının başına "Ertuğrul" koyacak ve bu ad Cumhuriyet döneminde tiyatro ve sinema sanatının büyük ustası "Muhsin Ertuğrul" olarak ünlenecektir!

Abdülmecit Efendi, Bağlarbaşı'ndaki konağında bulunan resim atölyesinde, makyaj ile kendini ihtiyar bir adama dönüştürdükten sonra, kendisine modellik yapan yirmi dört yaşındaki delikanlının, geleceğin en ünlü sanatçılarından Muhsin Ertuğrul olacağını elbette bilemezdi. Ve ne gariptir ki, sanatçı gençlik yıllarında oynadığı ihtiyar adam rolleriyle ünlenir!

Muhsin Ertuğrul, Abdülmecit Efendi'ye modellik yapmaya başlamadan önce, Beyoğlu'na gider ve *Baykuş* oyununda canlandırdığı ihtiyar adam kılığına girerek, makyajlı ve kostümlü çeşitli pozlarda fotoğraflar çektirir. Abdülmecit Efendi o fotoğraflardan birini beğenerek, aynı pozda kendisine modellik yapmasını ister. Muhsin Ertuğrul'un arkadaşı Sedat Simavi, fotoğraflardan üç tanesini Almanya'ya göndererek her birinden bin tane yaptırır. Sanatçının, tiyatro oyunundaki ihtiyar adam rolünü yansıtan bu fotoğraflar, aslında öyküsünü anlattığımız resme modellik amacıyla çektirilmiştir.

Alman yazar Karl May, gidip görmediği yerlerle ilgili yazdığı macera romanlarıyla ünlüdür. Hayal gücü çok zengin olan Karl May'in kitaplarını, çocukluğunda çok sevdiğini söyleyenler arasında Hitler de vardır, Bertolt Brecht de!

Muhsin Ertuğrul'u 1920 yılında Berlin'de, Karl May'in *Şeytana Tapanlar* romanının sinema uyarlamasında yönetmen olarak görürüz. Birinci Dünya Savaşı sırasında uçak yapılan bir fabrikanın stüdyoya dönüştürülen kapısından içeriye uzun boylu, soluk yüzlü, elbisesi eskimiş bir adam girer ve Muhsin Ertuğrul'u sorar. Esrarengiz adam Budapeşte'den geldiğini, oyunculuk deneyimi olduğunu, Kuhn Devrimi'ne karıştığı için Macaristan'dan kaçtığını ve iş aradığını söyler. *Şeytana Tapanlar* filmi için başrol adayı çoktur, ama Muhsin Ertuğrul bu adamdaki yeteneği görür ve gelecekte büyük bir oyuncu olacağını o an hisseder.

Bu Macar oyuncuyu, Muhsin Ertuğrul'un kendisine verdiği başrolden kazandığı parayla Amerika'ya doğru yol alan bir geminin güvertesinde görürüz. Ve Bela Lugosi'nin adı çok geçmeden, Bram Stoker'ın ünlü roman kahramanının sinemaya uyarlanan afişlerinde okunur: "Drakula"

Bela Lugosi'nin insan kanı içerek yaşayan Drakula gibi karanlık bir yaşamöyküsü vardır. "Şeytanı oynamakla lanetlenmişim" diyen sanatçı, sinir iltihabı hastalığından dolayı çektiği şiddetli ağrılardan kurtulmak için morfin almak zorunda kalır ve uyuşturucu bağımlısı olur. Zamanla yıldızı sönen Lugosi, durumuna üzülen birkaç vefalı dost sayesinde

Bela Lugosi

üçüncü sınıf filmlerdeki küçük rollerden kazandığı parayla tedavi olmaya çalışır. Frank Sinatra onu hastanede ziyaret eder ve masraflarını karşılar. Bela Lugosi öldüğünde, eşi ve çocuğunun isteğiyle Drakula kıyafetiyle gömülür.

1953 yılında, Yeşilçam'da çekilen *Drakula İstanbul'da* filminde Kont Drakula rolünü Atıf Kaptan oynar. Bu film hakkındaki bilgilere sinema tarihimizde araştırma yaparak ulaşabiliriz.

Ancak asıl unutulmaması gereken, tüm dünyada Drakula'nın tanınmasını sağlayan filmde başrolü oynayan Bela Lugosi'nin, İstanbul'daki bir evin duvarına Laterna Magica'dan yansıyan resimlere bakarak, sünnet günü akan kanının acısını unutmaya çalışan o çocuk tarafından keşfedilmiş olmasıdır!

Süperman ve Dişçi Koltuğu

Hayal kahramanları arasında en çok sevdiklerimden biri de Red Kit'teki cenaze levazımcısıdır. Serüven boyunca biri ölür de para kazanırım umuduyla avuçlarını ovuşturan cenazeci, sürekli olarak hayal kırıklığına uğrar. Çünkü Red Kit'te tabancalar, tüfekler ateşlenir, oklar havada uçuşur ama hiç kimse ölmez. Siyah uzun pardösüsü ve şapkası, başının üstünden eksik olmayan akbabasıyla cenaze levazımcısının Red Kit'in hiçbir serüveninde tabut sattığı görülmez.

Türk sinemasının ünlü oyuncusu Danyal Topatan'ın da beyaz perdede görüldüğü ilk rol, mezar bekçiliğidir. Filmin adı *Drakula İstanbul'da*'dır. 1953 yılında çekilen filmde Kont Drakula rolünü, sinema tarihimizin bir başka usta ismi Atıf Kaptan oynar. Yönetmenliğini Mehmet Muhtar'ın yaptığı ve çekimlerinin yedi hafta sürdüğü bu filmin Drakula filmleri arasında son derece önemli bir yeri vardır. O da şudur: *Drakula İstanbul'da*, sinema tarihinde Drakula'nın sivri dişlerinin görüldüğü ilk filmdir!

1930'lu yılların Amerikan sinemasındaki baskı ve sansürden dolayı Drakula'nın kan emmesi, dişlerini birinin boynuna geçirmesi düşünülemez. Dünya sinemasına bir Yeşilçam buluşu olarak geçen bu sahne, 1960'lı yıllarda Christopher Lee'nin başrolünü oynadığı *Drakula* filmleriyle üne kavuşur.

Drakula'nın dişlerinin ilk kez görüldüğü İstanbul'da, Rumelihisarı'ndaki surların dişlerinin de yıllardır tartışılan bir sırrı vardır. Fatih Sultan Mehmet'in İstanbul'u kuşattığı dönemde yapılan Rumelihisarı'nın, Kufi yazıyla "Mehmet" adına benzetildiğini daha önce de yazmıştım. Drakula'nın dişlerinden, Rumelihisarı'nın tarihi surlarındaki dişlere geçişimizin nedeni tekrara düşmek değildir. Yeni bir bakışla kurguladığım tarihi malzemeye bir kere nefes verip sonra onu bir kenara itmem. Okuruma sunduğum konularla ilgili iz sürmeye devam ederim. İşte Rumelihisarı'nın Fatih Sultan Mehmet'in imzası olduğuna dair, *Hayat* tarih mecmuasının Ocak 1978 tarihli sayısında Midhat Sertoğlu'nun yazdığı "tarihi bir menkıbe": "Mehmet adı ebced hesabına göre, yani harfler rakamlara çevrilirse 92 eder. Bunun için hisarda 92 burç ve dirsek vardır. 'Han' sözü de aynı hesapla 651 olduğundan hisarın surlarında bu sayıda diş vardır."

Aman efendim, Drakula'dan, Rumelihisarı'na "diş" üzerine kurulu bir sözcük oyunuyla geçtiğimiz de sanılmasın! Boğaz'ın bu tarihi yapısına gelişimizin nedeni, burayı yaptıran Fatih Sultan Mehmet'in, Topkapı Sarayı'nın arşivinde olup müze ziyaretçilerine sunulmayan, ama yine defalarca kez yazdığımız ve anlattığımızdan dolayı bir gün sergileneceğini umut ettiğimiz defteridir. II. Mehmet'in çocukluğunda resimler yaptığı, hayallerini çizdiği resim defterinde leylek, at başı, hilal ve bir erkek profilinin görüldüğü sayfada şu yazılıdır:

"Diş ağrısının tedavisi diş tozudur
Çünkü diş tozu diş ağrısını dindirir."

1867 yılında Paris Uluslararası Sergisi'ne onur konuğu olarak katılmak üzere Sultaniye yatıyla yola çıkan Abdülaziz'in diş tozundan haberi mi yoktu, yoksa yanında vardı da fayda mı etmedi bilinmez, biz padişahın yolculuğu esnasında yaşadığı diş ağrısından girip, İstanbul'daki Bağdat Caddesi'ne çıkalım.

Abdülaziz'in içinde oğlu Yusuf İzzettin, yeğenleri Murat ve Abdülhamit ve de üst düzey görevlilerle birlikte yolculuk yaptığı Sultaniye yatını, hizmetlilerle birlikte eşyaların da taşındığı Pertevpiyale yatı takip etmektedir. Heyete eşlik eden Aziziye ve Orhaniye firkateynlerini Fransız donanmasına ait Forbin korveti izlemektedir.

28 Haziran günü, sabah 07.30'da Napoli Limanı'na ulaşan konvoyda kulaktan kulağa yayılan bir haber herkesin neşesini kaçırır: Abdülaziz korkunç bir diş ağrısı içinde kıvranmaktadır! İtalya Kralı II. Vittorio'nun diş doktoru Avramo Bivas alelacele bulunarak Sultaniye yatına gönderilir. Bivas, Abdülaziz'in tedavisini başarıyla yapar. Padişah gezi sonrasında diş doktorunu bırakmaz ve İstanbul'a gelmesini rica eder. Teklifi kabul eden Avramo Bivas, sarayın diş doktoru olarak yıllarca hizmet eder. Bivas'ın torununun oğlu da, 1936'da Türkiye'ye gelen ünlü şehir planlamacısı Henry Prost'un yardımcısı Aron Angel'dir.

Prost'un yanında "şehircilik müşaviri" olarak İstanbul Belediyesi'nde çalışmaya başlayan Angel, Sultanahmet ve Taksim meydanları, Boğaz'a tüp geçit, metro gibi planların yanında, Bağdat Caddesi hattının ayrık nizam evlerini de tasarlar. Elbette o yılların Bağdat Caddesi'nin görünümü günümüzdekinden çok uzaktır. Caddede hayatın nasıl olduğunu öğrenmek için Sabri Esat Siyavuşgil'in "Bağdat Caddesinde Öğle" adlı unutulan bir şiirine kulak verelim:

Bağlara boşaltırken suyunu kutu kutu
Bir bostan dolabının esneyen hayvanına
Hüzzamdan şarkı çalar uzak bir köşkün udu.
Kuşlar ceset halinde kaldırımda uyurlar;
Sıra sıra dizilir yolun iki yanına
Eski çadırlar gibi tozlanmış ıhlamurlar.

Bembeyaz bulutlardan kaldırımlar su bekler
Çeşmeler zannederken yola konacağını
Bir tüy bırakıp geçer, sürü sürü leylekler.
Güneş takılı kalır telgraf direğinde
Yaz beygirin boynunda sallar çıngırağını;
Öğle bir talikanın döner tekerleğinde.

Prost'u Türkiye'ye davet eden Mustafa Kemal Atatürk'ün en kısa konuşması, cumhurbaşkanı seçildiğinde meclis kürsüsünden yaptığıdır. Kimi tarihçiler, Atatürk'ün kararlılığını göstermek için konuşmasını kısa tuttuğunu söyler. Oysa Atatürk, gerçeği şöyle açıklar: "Cumhurbaşkanı seçildiğim zaman söylediğim nutuk, en kısa beyanatlarımdan biridir. Neden? Çünkü dişlerimi yeni çektirmiştim, yeni yapılan dişlerim tecrübe devresinde idi. Söz söylemeye başladığım vakit ıslık gibi bir ses çıkıyor veyahut da ağzımdan düşüyordu. Bu sırada yapılacak hiçbir çare yoktu. Bu tabii hadise, siyasi hayatımın en mühim safhasına, böylece bir mani teşkil etti. Kim bilir, uzun söylemediğim belki de isabetli olmuştur."

Hayalet dünyasının kahramanları arasında en sevimli olanı hiç şüphesiz ki Casper'dır. İlk önce çocuklar için öykü kitabı olarak yayınlanan ama ilgi görmeyen, 1949 yılında çizgi roman olarak sunulunca beğeni kazanan Casper, insanları korkutmak yerine onlara yardım etmek isteyen bir hayalettir. Casper'ın Drakula gibi keskin dişleri yoktur ama o hayal kahramanları arasında diş sağlığına en çok önem verendir. Sevimli hayalet, çocuklara diş fırçalama alışkanlığını kazandırmak konusunda hayal kahramanları arasında başroldedir.

Red Kit'in cenaze levazımcısından, korku dünyasının hayal kahramanı Drakula'ya, Fatih Sultan Mehmet'in diş ağrısı için yazdıklarından, Atatürk'ün yaptırdığı dişlerine uzandık da, diş doktorunun koltuğuna oturmanın gerilimini unuttuk sanmayın. *Actions Comics* dergisinin 1974 yılının

THE LINE OF DC SUPER-STARS
ACTION COMICS
IN THIS ISSUE:
ACTION-PLUS WITH:
GREEN ARROW
20¢
NO. 434
APR.
30410
APPROVED BY THE COMICS CODE AUTHORITY
ACTION COMICS
2 6
HOW CAN THE MIGHTIEST MAN ON EARTH BE OVERCOME BY A MERE TOOTHACHE?
FOR THE ASTONISHING ANSWER, READ...
"The KRYPTON CONNECTION!"

Nisan ayındaki kapağında, Süperman'i bile dişçi koltuğunda dişi çekilirken büyük bir korku ve çaresizlik içinde görürüz.

Demek ki, dişçi koltuğunda hastayı rahat ettirecek bir süper güç yoktur. Oradaki tek kahraman, bilimin yolunda yürüyen diş doktorudur. Nâzım Hikmet'in de diş ağrısı konusunda söyleyecekleri vardır. Şairin, 7 Ağustos 1935 tarihli *Tan* gazetesindeki yazısını okuyoruz: "Diş ağrısına, bu ağrı kendiliğinden, insanın iradesi dışında geldiği için dayanırız da, bu ağrıyı, dişçiye gidip kendi irademizle bir acı duyarak yok etmekten korkarız. İşte bu korku birçok sosyal hadiselerin anahtarıdır."

Dişleri bilginin ışığıyla parlattığımız yazıyı kendi dizelerimle denize bırakalım:

Yaşlı bir devrimci
düşürmez hiç ağzından
özgürlük kelimesini
ve yatmadan önce
bir bardak su yerine
denize bırakır
takma dişlerini

Anıtkabir'de Bir El

Albert ve Albrecht, ressam olmak isteyen iki kardeştir. İşçi olan babaları, kendileri dışında on altı kardeşe daha bakmak zorundadır. Şehirdeki sanat akademisinde okumanın bir tek yolu vardır: İki kardeşten biri maden ocaklarında çalışacak ve gönderdiği parayla öteki resim eğitimi alacaktır. Kimin sanat okuluna, kimin maden ocağına gideceğini aralarında yazı tura atarak kararlaştırmayı uygun görürler. Kazanan okulu bitirdikten sonra geri gelecek ve maden işçisi olan kardeşini resim satarak, gerekirse onun gibi madende çalışarak okutacaktır. Oyunun kuralı budur.

Şans Albrecht'e güler ve Nürnberg'teki sanat okulunun yolunu tutar. Albert ise kardeşine para göndermek için maden ocağının karanlığına gömülür. Kardeşinin alın teriyle kazandığı paralarla eğitimini tamamlayan Albrecht, dört yıl sonra geri döner köyüne ve bir akşam yemeğinde Albert ile aralarında geçen yazı tura oyununu ailenin önünde anlatarak seslenir: "Benim fedakâr kardeşim, şimdi sıra senin. Nürnberg'e gidip hayallerini gerçekleştirebilirsin. Masraflarını ben karşılayacağım."

Yaşlı anne ve babanın ve de masadaki tüm kardeşlerin gözü Albert'e çevrilir. Gözlerinden yaşlar süzülen Albert ellerini kardeşine uzatarak: "Hayır kardeşim. Nürnberg'e gidemem. Benim için çok geç artık. Dört yıllık maden işçiliği ellerime neler yapmadı ki! Her parmağım en az bir

Albrecht Dürer'i var eden madenci kardeşinin elleri.

kere ezilip kırıldı. Son zamanlarda sağ elimde dayanılmaz romatizma ağrıları da başladı. Bir bardağı bile tutarken zorlanıyorum. Nasıl olur da karakalem, yağlıboya çalışabilirim? Parmaklarım fırça tutabilecek inceliği çoktan kaybetti. Hayır kardeşim, benim için artık çok geç."

Ünlü ressam Albrecht Dürer'in "Eller" tablosunun öyküsü böyledir. O eller, ressamın kardeşi Albert'indir. Dürer, ressam olması için kardeşinin maden ocaklarında ezilen, kırılan parmaklarını tüm ayrıntılarıyla resmeder. Albrecht Dürer'in o akşam yemeğinden sonra yaptığı karakalem çalışması, tüm eserleri arasından en çok bilinen ve sevileni olur.

Eller denince bizde akıllara gelen ilk ressam elbette Abidin Dino'dur. Sanatçının Fransızca yazdığı *Les Mains* (Eller) adlı kitabında resimlerini yaptığı el hakkındaki düşünceleri şöyledir: "Bir el! Beş parmak, her parmakta üç bağlam, salt başparmakta iki büküm var. Boyunun kısalığına bakmadan başparmak kalın ve güçlü. Hem çengel, hem kral... bana göre avuçta hayat, yürek, kader çizgisi adı ile anılan esas ve yan çizgiler, uzay dürbünleri ile en yitik yıldızlarda görülen kanallar kadar anlaşılması zor işaretler. Mars, Ay, Venüs denen yıldız isimli tümsekleriyle, yatay ya da dikey ırmak yollarıyla –ki bunlar yer yer birincil ve ikincil kanallarla kesişip çeşitli boyda yıldızları oluştururlar- insanların avuçları, uzaysal görüntülerle örtülüdür. Sanki gizli bir iç ateş ürünü olan bu ince yarıklar, yeryüzü değil, gökyüzü bilginlerini ilgilendirmeliydi daha çok."

Avuçlarımızdaki çizgileri falcıların değil, gökbilimcilerin yorumlamasını savunan Abidin Dino'nun, Anadolu denilen avucun ortasında kurulan Ankara'da, hiç bilinmeyen bir el izi vardır. Bu izi görmek için Ankara'da yıldızların gözlendiği Rasattepe'ye gidiyoruz. Bu tepeye ilk dikkat çeken Trabzon Milletvekili Mithat Aydın'dır. Atatürk için yapılacak Anıtkabir'e yer arayan heyet olumlu bulur Aydın'ın önerisini. Rasattepe'nin hilal şeklinde kurulan Ankara'da bayraktaki yıldız konumunda olması Anıtkabir'in buraya yapılmasındaki en önemli etkendir. Süreyya Örge Evren, söz konusu benzerliği *Anıtkabir Rehberi* adlı kitapta şöyle dile getirir: "Rasattepe, bugünkü ve yarınki Ankara'nın genel görünüşüne göre, bir ucu Dikmen'de, öteki ucu Etlik'te olan bir hilalin tam ortasında, bir yıldız gibidir. Ankara, hilalin gövdesidir. Anıtkabir'in burada yapılması kabul edilirse şöyle bir durum ortaya çıkacaktır: Türkiye'nin başkenti olan Ankara şehri, kollarını açmış, Atatürk'ü kucaklamış olacaktır. Atatürk'ü böylece bayrağımızdaki hilalin yıldızının ortasına yatırmış olacağız. Atatürk bayrağımızla sembolik olarak birleşmiş olacaktır."

Anıtkabir'in yapımında yabancı mimarların olup olmaması sanatçılar arasında büyük bir tartışma yaratır. Yabancı uzmanlara karşı olan sanatçılardan Abidin Dino'ya hangi Türk sanatçıları önerebileceği sorulduğunda "İbrahim Çallı" yanıtı alınır. Necip Fazıl Kısakürek ise "artistik idrak olarak muvafık" gördüğü Zühtü Müridoğlu ve Hadi Bara'nın yanında bir sanatçıyı daha Anıtkabir'in yapımına uygun görür: Abidin Dino.

Abidin Dino'nun Ankara'da aradığımız bilinmeyen el izi Anıtkabir'dedir! Ressam, Atatürk'ün kabri için büyük bir Hitit aslanı şeklinde bir yapı önerir. Tunç Boran, *Anıtkabir'in İnşası* kitabında, Abidin Dino'nun Hitit Aslanı şeklinde çizdiği Anıtkabir resminin, konunun gündeme geldiği 1939 yılında *Ses* dergisinin kapağında yayınlandığı bilgisini verir. Abidin Dino'nun bu önerisinde hiç şüphesiz ki, Atatürk'ün Paris'te yayınlanmasına destek olduğu, Fransız bilimcilerin Anadolu'nun bu eski uygarlığı hakkında yaptığı çalışmaların yer aldığı *Hitit* dergisinin de rolü büyüktür.

Mimarlığını Emin Onat ve Orhan Arda'nın yaptığı Anıtkabir'e bir ağaçlı yoldan geçilerek ulaşılması düşünülür. Uzun bir yol olan bu girişe, ritim kazandırmak amacıyla sağda ve solda on iki çıkıntı yapılır. Onat'ın asistanı Nezih Eldem tarafından yürütülen çalışmada çıkıntıların estetik görülmediği anlaşılınca imdada Abidin Dino'nun düşüncesi yetişir.

Anıtkabir'i ziyaret edenlerin giriş yolunda aralarından geçtiği 24 aslan heykeli Hüseyin Anka Özkan tarafından, İstanbul Arkeoloji Müzesi'ndeki "Maraş Aslanı"ndan esinlenerek yapılmıştır. Böylelikle Abidin Dino'nun önerdiği Hitit aslanı Anıtkabir'in kendisinde olmasa da, giriş yolunda ziyaretçileri selamlar. "Aslanlı Yol"daki ağzı açık 24 aslan heykelinin kükremesinde, Anıtkabir'in bu sırrı duyulur!

Frigler ve Şirinler

Kasımpaşalı, denildiğinde aklımıza gelmesi gereken ama kimsenin anımsamadığı insanlardan biri de Hafız Mehmet Efendi'dir. Donanmanın hafızası olan Kasımpaşa'daki Cezayirli Hasan Paşa Camii'nin imamı olan Hafız Mehmet Efendi'nin oğlu, Sanayi-i Nefise Mektebi'nde (Güzel Sanatlar Okulu'nda) öğrencidir. Bu değerli din adamı, "Oğlun put yapıyor, put!" diyenlere hep aynı yanıtı verir: "Hayır. Heykel yapıyor, heykel!"

Kasımpaşalının öyküsünden yola çıkarak Ankara'ya ulaşıyoruz: Anıtkabir için uygun görülen Rasattepe'de inşaata başlamadan önce, bölgede bulunan iki tümülüsün açılmasına karar verilir. Frig kültürüne ait tümülüslerin büyük olanından anıtsal bir mezar çıkar. Frigler, MÖ 12. yüzyılda Balkanlar'dan göç eden bir uygarlıktır. Böylelikle, yüzyıllar önce Anadolu'ya gelen bir Rumelilinin mezarının yerine yine aynı coğrafyadan, Selanik'ten gelen Mustafa Kemal Atatürk'ün kabri konulur.

Rasattepe'ye yapılacak olan Anıtkabir'in uluslararası bir yarışma sonucunda belirlenmesine karar verilir. İkinci Dünya Savaşı'nın kanlı sahnelerinin yaşandığı 1 Mart 1941, yarışmaya katılımın ilk günüyken, 2 Mart 1942, sürenin tamamlandığı gündür. Gönderilen 49 projeden 47'si seçici kurula iletilir. Değerlendirme dışı bırakılan iki projeden birinde gönderenin adı yoktur, Auguste Perret'ye ait olansa süre dolduktan sonra geldiği için Haydarpaşa gümrüğünde takılı kalır. Savaş nedeniyle dünyaca ünlü nice mimarın yarışmaya katılamadığı anlaşılırken, pek çok Türk mimar da askerlik görevini yaptığı için proje hazırlayamaz.

Hükümet, birinciliği kazanan Emin Onat ve Orhan Arda'nın projesinin uygulanmamasına karar verse de, sonradan bundan vazgeçilir. Emin Onat, yapılana kadar dört kez değişikliğe uğratılan projesi için şu açıklamayı yapmak zorunda kalır: "Sanat eserlerinde gaye muhakkak ki güzele varmaktır. Fakat yine muhakkaktır ki her güzel eserin daha güzeli ve o güzelin daha üstün bir güzeli mevcuttur. Bu bakımdan hiçbir eser gayesine varmıştır denilemez. Gönül isterdi ki Türk'ün Ata'sına yapacağı eser, bu hudutsuz eserlerin en önünde bulunanı olabilsin. Bu itibarla müsabakaya iştirak edenler arasında Doçent Orhan Arda ile yaptığım projenin arzu edilenin yanında, çok geride kaldığına ben herkesten daha fazla kaniyim."

Yapımına 9 Ekim 1944'te başlanan Anıtkabir'e yollar bozuk olduğu için at arabasıyla gidenlerden biri de Sabiha Güreyman'dır. Türkiye'nin ilk kadın inşaat mühendislerinden olan Güreyman şantiye niyetine kullanılan, sobası bile olmayan eski rasat binasında, kontrol şefi olarak inşaat tamamlanana kadar görev yapar.

Anıtkabir'e rengini veren sarı travertenler Eskipazar ilçesindeki taş ocaklarından getirilir. Bu taş, Roma dönemi anıtlarında da kullanılmıştır. Bu bilgi, Cemal Süreya'nın şu dizesini çok farklı bir gözle görmemizi de sağlar:

Anıtkabir Romen rakamıyla kaç?

Emin Onat ve Orhan Arda'nın projesi, yarışmaya katılanlar arasında en alçak olanıdır. Pek çok projede yapının yüksekliği yetmiş metreyken, Onat ve Arda'nın birinciliği kazanan projelerinde yükseklik 35 metredir. Ne var ki, bu yükseklik değişikliklerle 28 metreye düşürülür. Mozolenin üstündeki ikinci katın yapılmasından vazgeçilmesiyle de yükseklik 17 metreye iner.

Anıtkabir'deki rölyef ve heykeller için açılan yarışmada Sakarya Savaşı rölyefinde İlhan Koman birinciliği kazanır. Ayrıca, değişik köşelerde Kenan Yontuç, Nusret Suman ve Hakkı Atamulu'nun eserlerinin de uygulanmasına karar verilir. Başkomutanlık rölyefi, İstiklal, Mehmetçik ve Hürriyet kulelerinin rölyeflerinin yapımındaysa birincilik Kasımpaşa'daki Cezayirli Hasan Paşa Camii imamının oğlu Zühtü Müridoğlu'na verilir.

Anıtkabir'de çalışan taş ustaları Kayseri'nin Ağırnas köyündendir. "Sinan'ın heykelini dikelim" diyen Atatürk'ün kabrini Mimar Sinan'ın köylülerinin yapması, ülkemizin değeri bilinmeyen hissi senetlerinden biridir.

Anadolu'nun aydınlanma tarihinde Frigler, Osmanlılar ya da Türkiye Cumhuriyeti vatandaşları, aynı ışığı elden ele karanlığa taşımışlardır. Bu tarihe uymayanlar yolsuzluk ve hırsızlık gibi karanlık işleri ortaya çıkmasın diye adaleti baskı altına alanlardır. Bu gibilere göre "Osmanlı" bir uygarlık değil, saraya biat kültürü için kullanılan bir paravandır. Osmanlı'nın adalet kavramını öğrenmek için, Mimar Sinan'ın evine kurallara aykırı su aldığı konusunda yapılan şikâyeti bilmeliyiz. Mimar Sinan hakkındaki şikâyetin ne olduğunu, Osmanlı Sarayı'ndan İstanbul Kadısı'na gönderilen yazıdan öğreniriz. Adalet tarihinde son derece önemli olan bu belgeyi Ahmet Refik'in *Türk Mimarları* kitabından dikkatle okuyoruz: "İstanbul Kadısı'na hüküm ki: Şimdi bana bir dilekçe sunulup Mimarbaşı olan Sinan için, merhum atam Süleyman'ın (toprağı nur olsun) imaretinin suyundan bir lüle su alıp kendi kapısı önünde büyük hazineli bir çeşme yaptığı ve çeşme yakınında mermerden bir sandık şeklinde bir nesne yaptırıp çeşme yönünde bir delik bırakarak, öte yana künk döşeyip evlerinde hamamlar ve musluklar yaptırdığını ve dışarıdaki çeşmenin lülesine arslan başı bir oluk koyup, çeşme lülesini berkiderek su hazinesini günde iki defa boşalttığı, Kâğıthane suyunun uğradığı yere kendi evinde kuyu kazarak o kuyuyu da kullandığı ve kendi evi tarafında dükkânların bittiği yerde üstü kurşun örtülü bir damı kestirip kurşununu ve kerestesini evine taşıtarak vakfa haksızlık eylediği açıklandığı gibi, tıb medresesiyle üç medresenin suyu kalmayıp abdeste ve diğer ihtiyaçlara yetmediği ve bunlardan başka diğer hususlar yazılıp şikayet olunmakta, adı geçen vakfın mütevellisi ile yerli yerinde görülüp bildirilmesi için dilekçe olduğu gibi sana gönderildi."

Belgeden Mimar Sinan'ın yetkisini kötüye kullanarak kendi çıkarı için su ve malzeme sağladığı iddiası açıkça anlaşılıyor. Bu konuda Osmanlı Sarayı'na ulaşan şikâyet dilekçesinin örtbas edilmesi düşünülmeden İstanbul Kadısı'na iletildiğini görüyoruz. Dahası, söz konusu belgenin sonunda Padişah şöyle seslenir Kadı'ya: "Buyurdum ki, emrim ulaştıkta dilekçede yazılı olan maddeleri yerli yerinde, mütevelli kanalıyla teftiş ettirip göresin. Gerçekten imaretin suyundan bir lüle su alındığı doğru mudur? Elinde bir lüle su emri var mıdır, yoksa kendiliğinden mi almıştır? Ve çeşme yakınında yaptığı sandığın, adı geçen imaretin suyuna şeriat yönünden zararı var mıdır, niçin kesmiştir, emir ile mi kesmiştir, aslı nedir? Ve söylenen diğer konular doğru mudur, nedir? Yerli yerinde görüp, her yönüyle aslını ve gereğini anlayıp, dinleyip olduğu gibi enine boyuna yazıp bildiresin (Kutlu sahibine gönderildi) 25 Cumadelevvel [Nisan] 985".

İşte, gerçek Osmanlı ile "Osmanlıcılık" paravanının arkasına sığınanlar arasındaki fark budur. Biri, Mimar Sinan gibi büyük bir deha da olsa, tüm yolsuzluk iddialarının araştırılmasını, sorgulanmasını, gerçeğin açığa çıkarılmasını isterken, öteki adalet ve emniyet kurumlarını baskı altına alarak, hakkındaki iddiaların arkasındaki gerçeğin gün ışığına çıkmasına engel olmaktadır.

FREE COMIC BOOK DAY
PAPERCUTZ
the SMURFS
PLUS:
ANNOYING
ORANGE
and ARIOL!
PAPERCUTZ

Anıtkabir yapılırken Rasattepe'de mezarları bulunan Friglerde, özgürlüğünü kazanmış kölelerin başlarına taktıkları beyaz kukuletalar görülür. 1958 yılında, Belçikalı çizer Pierre Culliford tarafından yaratılan ve mantar evlerden oluşan bir köyde yaşayan Şirinler adlı çizgi romanın kahramanları da Frig kültürünün beyaz kukuletalarını başlarına takarlar. Şirinler'in serüvenlerinde onlara düşman olan, hayatta servetten başka bir şey düşünmeyen soğuk, acımasız ve tamamen boş bir adam vardır: Gargamel.

Anadolu'yu sömürüden kurtaran Mustafa Kemal Atatürk'ün "manevi mirasım" dediği bilim ve sanatın yolundan yürüyen beyaz kukuletalılar ile devrimlerini yok etmeye çalışan uzun boylu Gargamel arasındaki serüven, Cumhuriyet tarihinde de devam etmektedir.

"Ölene Kadar Doymayacağım"

Anıtkabir'in dikkatli gözlerden kaçmayan ayrıntılarından biri de, Cumhuriyet Kulesi'nin dış duvarındaki kuşevidir. Anıtkabir'e çıkan merdivenlerin solundaki, heykeltraş Zühtü Müridoğlu'nun yaptığı Başkomutanlık Meydan Savaşı kabartmasının Cumhuriyet Kulesi ile birleştiği yerde bulunan kuşevi, minyatür bir Anıtkabir görünümündedir.

Bir bina inşa ederken dış duvara da kuşlar için ev yapmak, Türk mimarisinde öne çıkan bir duyarlıktır. Japon ve Bizans kültüründe kuşevlerinin olduğu söylense de tarihçiler, hayvan sevgisinin mimarideki bu en belirgin özelliğiyle yoğun olarak Türklerde karşılaşıldığı konusunda hemfikirler. Mardin, Şanlıurfa, Nevşehir, Kayseri, Amasya, Aydın, Edirne gibi Anadolu'nun pek çok köşesinde kuşevlerine rastlanılır. Bilinen en eski kuşeviyse, 1375-80 yılları arasında Tokat'ta yapılan Ulu Cami'nin dış cephesinde çıkar karşımıza.

Anıtkabir'in kuş evi.

İstanbul'da Bizans döneminde, binaların duvarlarında kuşların barınması için oyuklar bırakılırken, minyatür bir ev şeklinde kuşlara yuva yapılmasına Fatih Sultan Mehmet'ten sonra rastlanır. Mimar Sinan'ın Fatih semtinde yaptığı Bali Camii'ndeki kuşevi, İstanbul'un bu konudaki en eski örneği olarak kabul edilir. "Serçe sarayı", "kuş köşkleri", "kuş sarayı" diye de bilinen kuşevleri, camiden köprüye, türbeden hanlara kadar çok değişik mimari yapıların cephelerine konulmuştur.

Helmuth von Moltke'nin *Türkiye Mektupları*'nda Üsküdar'daki kedi hastanesi ve Beyazıt Camii'nin avlusundaki güvercin bakımevinden söz ettiği İstanbul'da, hayvan sevgisinin mimarideki karşılığı olan kuşevlerinin çokça görülmesi rastlantı değildir. İstanbul'da Ahrida Sinagogu, Yahudi Gasilhanesi, Agios Prodromos ve Agios Dimitrios kiliseleri gibi gayrimüslimlerin yapılarının dış duvarlarında da kuşevleri kendilerine yer bulmuşlardır.

İstanbul, Antalya ve Gaziantep'te kurduğum oyuncak müzelerini ziyaret edenlerin hayranlık duyduğu eserlerin başında bebekevleri gelmektedir. Oyuncak kültürümüzde bebekevlerinin olmayışına kuşevlerini her görüşümde şaşırmışımdır. Oyuncak bebekevlerine benzeyen kuşevlerini binaların cephesine koyan bir kültür, nasıl olur da bu zenginliği çocuklarının oyun dünyasından esirger? Bu sorunun yanıtı olarak, kuşların barınma gereksiniminin çocuklar için söz konusu olmadığı, oyunun çocuk gelişimindeki öneminin henüz anlaşılamaması gibi pek çok gerekçe söylenebilir. Kuşlar için duvarda kedilerin uzanamayacağı yerlere evler yapan bir toplumun korumak bir yana, katledilen çocuklarını "terörist" ilan etmesini açıklamaksa çok zordur.

Şiirimizde kuşlar için yazılan, içinde kanat sesi duyulan onca dize olmasına rağmen, kuşevlerine rastlanılmaz. Bu konuda Mehmet Zaman Saçlıoğlu'nun şiiri yetişir imdadımıza:

Kuş evleri olmalı evlerin dış duvarları
Kanatlanmalı çocuklar gülüşünce.
Dış evleri kış olsa da duvarın
İç evinde yaz güneşi doğmalı

Kuşları da ısıtır mutluluk.
Çocuk odalarını geceye hazırlarken
Düş kanadı koymalı kuş tüyünün altına
Uyuyunca çocuklar perdeleri açmalı
Sokağı da aydınlatır yüzlerdeki ışık.

Gündüzleri gülebilen çocuklar
Geceleri kuş anneleriyle uçar
Evlerin duvarları kuş evleri olmalı.

Deniz Gezmiş ve arkadaşları, sadece 2 ay 23 gün süren yargılama sonucunda üç hakimin kalemlerini kırmasıyla idama mahkûm edilir. Zulme doymayan 12 Mart askeri cuntasının mahkemesi, sanıkları savunan avukatları da "devletin manevi şahsiyetine hakaret ettikleri" gerekçesiyle sanık haline getirir. Deniz Gezmiş, ölüme mahkûm edildikten sonra, 15 Ekim 1971 günü Mamak Cezaevi'nden babasına yazdığı ilk mektupta bu durumu şöyle değerlendirir: "Akşam radyoda avukatlarımızın hakkında dava açıldığını duydum ve güldüm. Baştakiler ne yapacaklarını şaşırdılar. Ellerinden gelse okuma yazma bilen herkesi tutuklayacaklar. Bilindiği gibi şimdi hücrede kalıyorum. Vaktimi bol bol kitap okumayla geçiriyorum. Okumaya doymak olmuyor, ölene kadar doymayacağım."

Denizlerin dosyası Askeri Yargıtay'a geldiğinde karar verecek heyette hakim Nahit Bey de vardır. Yassıada mahkemesinde ve Albay Talât Aydemir'in davasında da görev yapan bu aydın hakim, idam cezalarına karşı duran bir hukukçudur. Hakim Nahit Bey, ölüme mahkûm edilen gençlerin ellerindeki "aletlerin" darbe yapıp düzeni değiştirmeye

Hakim Nahit Bey ve oğlu Mehmet Zaman Saçlıoğlu.

asla uygun olmadığı, bu yüzden 146. madde yerine 168. maddeyle yargılanmaları gerektiği gerçeğini gözler önüne serdiği karşı oy yazısıyla idamlara onay vermez.

Hakim Nahit Bey'in onurlu hukuk savaşı da adaleti çiğneyenlere engel olamayacak ve 6 Mayıs 1972'de Deniz Gezmiş, Yusuf Aslan ve Hüseyin İnan idam edilecektir.

Nahit Bey, 2006 yılının 10 Ağustos günü hayata yumar gözlerini. Cumhuriyet tarihimizin yüz akı hukukçusunun tabutunu taşıyanlar arasında Deniz Dezmiş'in ağabeyi Bora Gezmiş ve kardeşi Hamdi Gezmiş de vardır. Ve elbette, yazdığı onca güzel öykünün yanında, kuşevlerinin yegâne şiirini yazan oğlu Mehmet Zaman Saçlıoğlu da.

Hakim Nahit Saçlıoğlu'nun cenazesinin kaldırıldığı Üsküdar'daki Selimiye Camii, kuşevlerinin en güzel örneğine sahiptir.

Ve o kuşevlerindeki kuşlar, Deniz Gezmişin idam sehpasında ayaklarının altındaki sehpayı tekmeleyince çıkan sesten, hapishane avlusunun duvarındaki kovuğa yuva yapmış bir güvercinin ürkerek havalandığını anlatırlar.

Yedi Bela Çetesi

Bursa, Uludağ'da yapılan girişimlerin başarısız olmasının ardından, Zihni Derin'in 1920 yılında, Rize'deki bir bahçede yirmi kilo mahsul elde etmesiyle çay tarımının ilk adımı atılmış olur. Üretimin artmasıyla, Rize'nin Mapavri ilçesinin adı Çayeli, Trabzon'un Kadahor ilçesinin adı da Çaykara olarak değiştirilir. Çay'ın hayal dünyasına kazandırdığı kahramansa, çok uzak bir diyarda yarattığı bağımsızlık savaşı sırasında doğar.

Kadınların da girebileceği ilk çayevi 1717 yılında, Londra'da açılır. Gördüğü ilgi üzerine çayevleri dört duvarı aşar ve bahçelere yayılır. İngiltere'de çay bahçelerine önceleri sadece aileler girebiliyorken, tiyatro oyunları ve konser gibi etkinliklerle daha da cazip hale geldiklerinde giriş serbest bırakılır. Böylelikle sınıf farklılığının kırıldığı, her düşünceden insanın bir araya geldiği mekânlar tüm ülkeyi sarmaya başlar. Çay bahçelerinde kadın ve erkek arasında yaşanmaya başlanan göz kırpmaları, George Orwell şu sözle anlatır: "Aşk ve skandal çayın şekerleridir."

Sözünü ettiğimiz bağımsızlık savaşı İngiltere'de değildir. Çayın bir ülkenin geleceğini değiştirmekteki rolüne doğru yola çıkmak için İngiltere'den bir gemiye biniyoruz. 1773 yılında bindiğimiz bu geminin ambarları çay yüklüdür. Geminin ulaşacağı limanda bizi bir hayal kahramanı karşılayacaktır!

Direğinde İngiltere bayrağının dalgalandığı gemimizin yelken açtığı Amerika, birkaç yıldır ateş üstünde unutulan çaydanlık gibi kaynamaktadır. İngiliz hükümetinin Amerika'daki kolonilerine dayattığı vergiler halktan büyük tepki almaktadır. "Özgürlük Çocukları" adında örgütlenen isyancıların, vergi toplamakla görevli memurları yakalayıp katrana buladıktan sonra bir tüy yığınının içine atmaları, önüne geçilemez bir eylem halini almıştır.

Katrana bulanan bedeni tüylerle kaplanmış adam...

Red Kit okurları bu sahneyi, evinden uzak ve yalnız kovboyun serüvenlerinden anımsarlar. Morris'in çizdiği ve Goscinny'nin yazdığı gölgesinden hızlı silah çeken Red Kit, okurlarıyla ilk kez 1946 yılında buluşur. Asıl adı Lucky Luke olan bu kovboy, neden ülkemizde Red Kit adıyla bilinir? Bu sorunun yanıtını Ferdi Sayışman verir: "O zaman Lucky Luke'un maceraları Fransız *Spirou* dergisinde çıkıyordu. Burada da yayınlamaya karar verince Türkçe ne isim koyalım diye düşünmeye başladık. Bir arkadaşın çıkarmak istediği Red Rider diye bir dergi vardı. Ben de Bil Kit diye başka bir derginin kopyasını yapıyordum. Red kısmını Red Rider'dan, Kit kısmını da Bil Kit'ten aldık, Red Kit oldu."

Türkiye'de Red Kit'in yanındaki köpek olarak tanınan Rin Tin Tin ise gerçek bir film kahramanıdır! Birinci Dünya Savaşı sırasında Lee Duncan, Fransa'dan iki Alman kurt köpeği getirir Amerika'ya. Duncan'ın "Nannette" adını verdiği yavru ne yazık ki yolda ölür. Rin Tin Tin adındaki köpekse sahibi tarafından iyi eğitilir. Öyle ki Duncan, başrolünü köpeğinin oynadığı bir senaryo yazarak Hollwood'un yolunu tutar.

Rin Tin Tin filmleri gördüğü ilgi üzerine birbirini takip eder. Hiçbir oyuncunun erişemediği bir diziye imza atan Rin Tin Tin, yirmi altı filmde başrol oynar. İşin garibi, 1929'da "En iyi erkek oyuncu" olarak Oscar'a aday bile gösterilir! Akademi jürisi bir köpeğe ödül vermenin skandal olacağını düşünerek, ödülü Emil Jannigs'e verince asıl kıyamet kopar. Rin Tin Tin hayranları akademi üyelerini her gördükleri yerde protesto ederler.

19 Haziran 1942'de, 13. doğum gününü kutlayan bir kız çocuğu, yaşadığı Amsterdam'da, ailesiyle birlikte Rin Tin Tin'in bir filmini izler. Sonrasında da Yahudi oldukları için faşizmden kaçmak amacıyla bir evin arka odasına gizlenirler. Rin Tin Tin, Anne Frank'ın seyrettiği son film olacaktır!

Hayır, hayır! Ambarları çay yüklü gemimizi Amerika'da karşılayan hayal kahramanı Red Kit ve yanındaki sevimli köpeği Rin Tin Tin değildir! Red Kit'in serüvenlerinde Kızılderili sorunu, batıya göç, demiryolu yapımı, altın arayıcıları ve soyguncu Dalton Kardeşler gibi Amerika tarihinin gerçek olaylarını okuruz ama, bu yazımızda gemimizin yanaştığı limanda bizi bekleyen çizgi roman kahramanı, başka birisidir.

Boston'a yanaşan gemiden bir an önce inelim. Çünkü, İngiliz hükümetinin koyduğu çay vergisini protesto eden isyancılar, Mohawk yerlilerinin kıyafetlerini giyerek gemiye çıkacak ve ne kadar çay varsa Boston Limanı'na dökecektir. 16 Aralık 1773'te gerçekleşen bu eylem tarihe "Boston Çay Partisi" olarak geçer. İngiliz hükümeti, kolonilerin yönetimini kaybetmemek için sert önlemler alır. İşte bu sırada Boston limanına demirli, cephane dolu bir İngiliz gemisine bizim hayal kahramanı sessizce yanaşmaktadır.

Gemiyi havaya uçuran kahramanımız yalnız değildir. Her serüvende olduğu gibi arkadaşları Profesör Oklitüs ve Rodin de yanındadır. Evet, kahramanımız Amerika'nın bağımsızlık savaşında İngiltere'nin "kırmızı ceketli" askerlerine karşı savaşan Teksas'tır!

Teksas, çizgi roman olarak 1954'te, İtalya'da doğar. Kendilerine "esseGesse" diyen Sinchetto, Guzzon ve Sortaris adlı üç arkadaşın yarattığı, Amerika'nın bağımsızlık savaşı yıllarını konu alan "Il Grande Blek" adlı kahraman ülkemizde Teksas ya da Çelik Bilek olarak tanınır.

Amerikan Devrimi'nin hayal kahramanı.

Sivas'ta dokuz on yaşlarındaki çocuklar bir çete kurarlar. Demokrat Parti'nin baskısının yoğun olarak hissedildiği dönemde kendilerine "Yedibela" adını veren çocuklar, birlikte hareket etmekte ve aralarından birine yapılan kötülüğe hep birlikte karşı gelmektedirler. Çetenin üyelerinden biri olan aydınlanma, özgürlük ve emek tarihimizin güçlü ve onurlu kalemlerinden Aydın Çubukçu, Yedibela'nın lideri hakkında şu bilgiyi verir: "O sıralar Çelik Bilek diye bir çizgi roman kahramanı vardı. Deniz, Çelik Bilek'i çok severdi. Sınıfta, O'nun İngiliz sömürgecilerine karşı Amerika'nın bağımsızlığı için savaş veren bir kahraman olduğunu anlatırdı."

Amerikan devriminin hayal kahramanı Teksas'ı seven, Yedibela çetesinin lideri olan çocuğun adını, kâğıt bir gemi yapıp özgürlük sularına bıraktığımız "Devrim" adlı şiirimizin son iki dizesinde okuyalım:

Kim bilir kaç yunus görmüş
kaç deniz gezmiş

"Uzun Zamandır Bu Kadar Gülmemiştim"

FBI'ın uzun yıllar peşinde koştuğu ama yakalayamadığı Rus ajanlarından biri de Israel Thornstein'dır. Bunun nedeni, aslında bu adı taşıyan bir adamın hiçbir zaman yaşamamış olmasıdır.

FBI'ın dosyalarında Israel Thornstein olarak kayıt edilen de Charlie Chaplin'den başkası değildir. Ünlü sanatçının emek sömürüsüne karşı olan filmlerinde ezilen insanların dünyasını yansıtmasından rahatsız olanlar, onu, Amerika aleyhine çalışan bir Rus ajanı olduğunu ispat edip içeri attırmaktan asla pes etmemiştir. Öyle ki Charlie Chaplin 1952'de deniz yoluyla Amerika'yı terk ettiğinde, yolculuğunun daha ikinci gününde gemiye, bir daha Amerika'ya geri dönemeyeceği haberi ulaşır!

Charlie Chaplin'e düşman olanların elindeki en büyük belge, 1923 yılında Rusya'daki *Pravda* gazetesinde sanatçı için yapılan şu yorumdur: "Chaplin, tartışılmaz yetenekte bir aktördür."

Modern Zamanlar filminden sonra dünya görüşü daha da sorgulanan Charlie Chaplin, neden Amerikan vatandaşı olmadığını soran *New York Times* gazetesinden Karl Kitchen'e şu yanıtı verir: "Eğer günün birinde bir vatandaşlık seçeceksem, bu dünya haritasında en küçük bir yer işgal eden Andorra ülkesinin vatandaşlığı olacaktır."

Charlie Chaplin siyasete atılmayı hiçbir zaman düşünmez. Winston Churchill'in İngiltere parlamentosuna girmesi için yaptığı daveti "Hayır Sör, bugün için sinema aktörü olarak kalmayı tercih ediyorum" diyerek geri çevirir. Hayatı boyunca seçimlerde hiç oy vermeyen Charlie Chaplin'in röportajlarında en çok karşılaştığı konu dünya görüşü olmuştur. Oysa bu, sanatçının filmlerine yapılan çok büyük bir haksızlıktır. Çünkü, Charlie Chaplin'in hayata bakışı filmlerinde, ölümsüz olan eserlerindedir.

Ülkemizde Amerika'yı Yahudilerin yönettiğini düşünenler çoğunlukta olsa da, bu yanlıştır. Yahudilerin dünyanın pek çok ülkesinde olduğu gibi Amerika'da da güç koşullarda yaşadığı dönemler olmuştur. 1950'lerde Senatör MacCarthy'nin on binlerce masum insanı susturmak amacıyla yaptırdığı tutuklamalarda hedefte Yahudiler de vardır ki, bunlar arasında Rosenberg çiftinin dramı en çok bilinenidir. Richard Nixon'ın "Ulusal kurumlarımız için bir tehlikedir" diye hedefe koyduğu Charlie Chaplin, Yahudi olup olmadığı sorusuna şu yanıtı verir: "Ben Yahudi değilim ve bende bir damla Yahudi kanı yoktur. Ama bana Yahudi dendiği zaman sesimi çıkarmıyorum. Çünkü Yahudi olsaydım pek memnun olurdum. Bende her milletten bir parça vardır. Ama bilhassa Çingenelik esastır. Büyük annem Çingeneydi ve sanırım başlıca yeteneğim oradan gelir."

Charlie Chaplin'in İstanbul'a geleceği yönünde haberler gazetelerde çıksa da bu seyahat gerçekleşmemiştir. 1954'de görülen *Şarlo İstanbul'da* ise bir film afişidir. Muhammer Gürses'in senaryosunu yazdığı ve yönettiği bu filmden önce "Şarlo İstanbul'da" yazısını bir kitabın kapağında okuruz. 1920'lerde, İstanbul'da çıkan kitap bu "Şarlo Polis Hafiyesi" dizisinin 14. eseridir.

Kitapta, Şarlo'nun gemiyle yola koyulmasının nedeni, nişanlısı "Miss Rud"un, ihtiyar halasını ziyaret etmek üzere İstanbul'a gelmesidir. Nişanlısının ardından İstanbul'a gelen

Şarlo, korku içindedir. Türklerin nişanlısını kaçırıp hareme kapatmasından korkan polis hafiyesini, Haydarpaşa gümrük kapısında İngiliz askerleri karşılar. Öykünün geçtiği tarihte İstanbul işgal altındadır!

Galata'da bir otele yerleşen Şarlo, nişanlısının bulunması için Amerika elçiliğine başvurur. Elçi, Şarlo'yu aranılan bir deli sanarak tutuklatır.

Miss Rud, Boğaz gezisi yapmak üzere Galata Köprüsü'nden bindiği vapurda Şarlo'yla karşılaşınca sevinir ama sevgilisinin iki İngiliz askeri arasında elleri kelepçeli olarak oturduğunu görünce de, sevincin yerini korku alır. Şarlo denize baktığı için nişanlısını görmez. İngiliz askerleri Şarlo'yu Üsküdar Toptaşı'ndaki tımarhaneye götürmektedir. Kitabın sonunda Miss Rud, elçiliğe giderek durumu anlatır ve Şarlo'yu kurtarır.

İzmir'de bir sinema kapısından içeriye giren seyirciler, harem ve selamlık uygulamasına uygun olarak salonu ortadan bölen perdenin iki yanına otururlar; bir tarafta erkekler, öteki tarafta kadınlar. Tam film başlayacaktır ki, görevliler gelir ve perdeyi kaldırarak, seyircilere aileleriyle bir arada oturabileceklerini söyler. İlk kez bir sinemada anne, baba ve çocukların bir arada oturup film izlemeleri için ortadaki perdenin kaldırılması emrini, salonda bulunan hatırı sayılır bir devlet adamı vermiştir.

Sinema sahibi Cemil Bey, birkaç film gösterdikten sonra onur konuğuna yaklaşarak havayı yumuşatmak için bir de Şarlo filmi göstermek istediğini söyler. "Fena olmaz" yanıtını alınca da beyaz perdede Şarlo'nun filmi başlar.. Bundan sonra salonda neler olup bittiğini Oğuz Akay'ın *Beni İki Kadın Çok Sevdi* adlı kitabından okuyoruz: "Bu film, Şarlo'nun bir ziyafete davetsiz gittiğini, balkonda yediği dondurmanın bahçede oturan tuvaletli bir hanımın koynuna düşmesini gösteren çok eğlenceli bir hikâyeydi. Herkes o kadar çok güldü ki."

Film bitip salonun ışıkları yandığında tüm salon hâlâ gülmektedir.

Şarlo'nun filmini, kadın ve erkekleri ayıran perdeyi kaldırtıp, bir araya getirttiği aileler gibi eşi Latife Hanım ile yan yana izleyen onur konuğu Mustafa Kemal Atatürk, Cemil Bey'e şunu söyler: "Uzun zamandır bu kadar gülmemiştim. Şunu bir daha gösterir misiniz?"

Hey, Sen Denizci misin?

1900'lü yılların çocuklarını etkileyen hayal kahramanlarının başında Şarlo gelir. Charlie Chaplin'in yarattığı bu karakterin etkisiyle pek çok çocuk sanata yönelmiştir. Walt Disney'in ilkokul gösterisinde Şarlo'yu canlandırdığı bilinir. Mim sanatının ustası Marcel Marceau, babasının şapkası, pantolonu ve kırk numara ayakkabılarıyla Şarlo'yu taklit ettiğinde sekiz yaşındadır. Nâzım Hikmet de, "Şu kadarcık haset etmedim Şarlo'ya bile" dizesiyle, Charlie Chaplin'e hayranlığını sunar.

Orhan Veli'nin çıkardığı *Yaprak* gazetesinin 1 Mayıs 1949 tarihli sayısında Şarlo için şunlar yazılıdır: "İşe bakın ki, Şarlo *Diktatör* filmine kadar sessiz bir sözcü olmuştur. Şarlo'nun dili *Diktatör* filminde çözüldü; İkinci Dünya Harbi'nin eşiğinde. Faşizmin, Naziliğin yüzüne karşı Şarlo'nun konuşması gerekiyordu. O konuşmayı duyanlar, XX. yüzyılın barış içinde, insanca çalışma hasretinin en açık, en aydın şiirini duymuşlardır. Şarlo'nun sözleri savaş kundakçılarına, açık veya örtülü Nazilere halkın maceralardan bıktığını haykırmaktadır."

Oysa Şarlo, bilinenin aksine, Hitler ile dalga geçtiği *Diktatör* filminden önce konuşmuştur! Bunun için 1880 yılına, Mississippi kenarındaki Chester kentine gidelim.

Şarlo'yu konuşturan adam, henüz on iki yaşında bir çocuktur. Onu, kaldırıma tebeşirle resimler yaparken görürüz. Elzie Crisler Segar adlı çocuk, sinema olarak kullanılan opera binasında çalışmaktadır. Filmlerin afişlerini değiştiren, ışıkçılık yapan Segar'ın kaldırıma yaptığı da sıradan resimler değildir. Koluna "Motion Picture Operator"ın (Hareketli Resim Operatörünün) baş harfleri MPO'yu dövme yapacak kadar sinemaya tutkun olan Segar, izlediği filmlerin sahnelerini tebeşirlerle kaldırıma çizmektedir. Yürürken onun resimlerine göz atanlar, dünyanın en sevilen hayal kahramanlarından birini yaratacak olan çocuğun yanından geçtiğini elbette bilemezler!

Segar, çizgi roman kariyerine Chicago'da, o dönemin en kötü dergisi olan *Herald*'da başlar. 1916'da derginin sahibi James Keeley, Şarlo'nun çizgi romanını yayınlama hakkını alır. Böylelikle Segar'ın hayatında çocukken kaldırımlara çizdiği resimlerde olduğu gibi sinema ve karikatür bir kez daha kesişir. Sessiz sinema döneminde Segar, Şarlo'yu ilk kez konuşturur. Beyazperdeki *Diktatör* filminden önce Charlie Chaplin'i çizgi romanda konuşturan Segar'ın çizimleri ne yazık ki zayıf kalır ve bir yıl dolmadan sinemadaki şöhretinin aksine, Şarlo'nun çizgi romanı yayından kaldırılır.

1919 yılında New York'a giden Segar için *Harst's Evening Journal* kendini geliştirdiği yer olur. Aynı yıl, 19 Kasım günü yayınlamaya başladığı *Thimble Theater* (Yüksük Tiyatrosu) adlı çizgi roman ile hikâye çizmede ustalaşır. Segar'ın haftada bir kez pazar günleri çıkan çizimleri sabırsızlıkla beklenir. Başarının bir nedeni, sanatçının kahramanlarını gerçek hayatta tanıdığı insanlardan seçmesidir. Örneğin, çizgi romanda en çok sevilen "Wimpy" adlı kahraman, çocukluğunun geçtiği Chester'daki opera binasının müdürü olan Bill Schuchert'tir. Hikâyelerde boksör hakemi olan Wimpy zamanla yozlaşır ve şike yapan, ihanet eden, yalancı, para hırsına esir düşen bir kişiliğe dönüşür. Ancak durmadan hamburger yiyen şişko adam Wimpy'nin pabucu on yıl sonra dama atılacaktır.

1929 yılına gelindiğinde, *Thimble Theater*'ın kahramanlarından Castor ile gemisine çalışmak için aldığı adam arasında şu konuşma geçer:

— Hey, sen denizci misin?

— Evet, yoksa beni kovboy mu sandın?

Segar, çizgi romanına ikinci derecede bir karakter olarak çizdiği denizcinin, pek çok hayal kahramanının öncüsü olacağını bilmemektedir. Bu denizciyi de, hikâyelerinin diğer kahramanları gibi Mississippi nehrinin kıyısındaki Chester kasabasında tanımıştır. Frank Fiegel, bar işleten ve kolayca sinirlenip girdiği kavgalarda yumruklarıyla ünlü bir simadır. Chester'ın bu serseri ruhlu adamını denizci olarak çizen Segar, Fiegel'e de kavgacı kişiliğinden dolayı "patlak göz" anlamına gelen Popeye adını verir. Kolayca sinirlenen yapısı ve denizci oluşundan dolayı da Popeye Türkçeye çevrildiğinde, Karadeniz fıkralarının ünlü kahramanı "Temel Reis" oluverir.

Büyükbabası zeytinyağı dağıtıcısı olan Segar, Temel Reis'e Olive (Zeytin) adlı bir kız arkadaş çizer. Türkiye'de Safinaz olarak tanınan Olive, Popeye gibi ikinci derece bir karakter düşüncesiyle çizilse de, o kadar çok sevilir ki, her serüvende başrol oynayan bir kahramana dönüşür. Safinaz'a âşık Bluto'nun da (Kaba Sakal'ın da) 12 Eylül 1932 tarihinde yayınlanan serüvende boy göstermesiyle başrol kadrosu tamamlanmış olur.

Temel Reis'in öyküsünü yazıyorsak, Göksel Bekmezci'den söz etmemek edebiyata saygısızlık olur. Oyuncakçıda en çok satılan hayvanların nesli tükenenler olmasına şaşıran, ateist bir dilenciye hiç rastlamayan ve imzalı bir fotoğrafını isteyecek kadar babasına hayran olan Bekmezci'nin şu dizelerini okuyunca, umarım ki siz de bu genç yazarı Sunay Akın'ın kitabında ikinci derece bir karakter olmaktan çıkarıp başrole taşıyacaksınız:

Temel Reis'i hayranları ile buluşturan ilk kare.

temel reis'i hiç sevmedim
aklım karışırdı, ıspanak mı önemlidir, kavga etmek mi
yoksa ıspanağın kavgadaki etkisi mi? ve adı neden temel'di?
karadenizli miydi? karadenizli bir çizgi film kahramanı
çocukluğuma büyük gelirdi. kaba sakal'ın tüm suçu sakallarını kesecek –bir aşkı bir kalpten incelikleriyle yüzecek– jiletin üretilmemesi miydi?
neden temel reis'e onu dövme hakkı veriyordu!
ve neden ıspanak bir silah gibi çekiliyordu çocukluğuma..
ve neden çocukluğum bir kurban gibi çekiliyordu ıspanağa...

Temel Reis, bütün gücünü yediği ıspanaktan alır. Bu durumdan fazlasıyla memnun olan ve iflas etmenin eşiğinden dönen Teksas'ın Crsytal kentindeki ıspanak üreticileri Temel Reis'in heykelini dikerler.

Hayal kahramanları arasındaki bir özelliği, hikâyelerini Rene Goscinny'nin yazdığı ve Albert Uderzo'nun çizdiği Asteriks'te görürüz. Temel Reis'in ıspanaktan kazandığı gücü Asteriks, köyün büyücüsünün hazırladığı sihirli iksirden almaktadır. Goscinny'nin 1977'de ölümünden sonra Asteriks'i tek başına hazırlayan Uderzo, serüvenlerin son karesinde zaferi kutlayan Galyalıları köyün meydanındaki ziyafet sofrasında çizer. Benim aklıma takılan da, o son karede ağacın dalına ağzı bağlı bir şekilde asılan Kakafoniks'tir!

Kakafoniks köyün ozanıdır, lir çalıp şarkı söylemektedir. Ancak adı üstünde, sesi pek de güzel değildir. Galyalılara haksızlık yapmak istemem ama, sanatla ilgilenen ikinci bir insanın olmadığı köyde Kakafoniks'in susturulması hep üzmüştür beni. Köyün tek ozanına şarkı söyleme izni vermiyorlar da, güzel sesli bir başka arkadaşlarını mı dinliyorlar? Hayır. Yaptıkları sadece yiyip içmek.

Kakafoniks'in neredeyse her hikâyenin sonunda yinelenen kaçınılmaz görüntüsüyle her karşılaştığımda yüzümde bir tebessüm oluşsa da, kalbimin bir köşesinde, bir sanatçının zorla susturulmasının hüznünü duyarım.

Susturulan sanatçı Kakafoniks.

Ağrı Dağı ve Küçük Prens

2015, emperyalist ülkelerin sömürmek amacıyla işgal etmek istedikleri coğrafyalardaki mazlum halkları birbirine düşman ettirişinin 100. yılıdır. Senaryodaki en kanlı sahnelerden birinde Türkler ve Ermeniler başroldeydi. 1915 yılının 100. yılı, Türklerin Ermenileri ya da Ermenilerin Türkleri katlettiği söylemleriyle geçer. Her iki taraf da iddialarını haykırırken, kirli ve kanlı oyunlarını yüzüncü yılında emperyalistlerin yüzüne haykıran bir ses duyulmaz. Oysa 1915, sömürgecilerin işgal planlarıyla halkları birbirine kırdırdığı Birinci Dünya, daha doğrusu Birinci Paylaşım Savaşı'nın yıldönümüdür.

Tehcir Kanunu'yla göçe zorlanan on binlerce insandan biri de Armen Doryan'dır. Sürüldüğü Anadolu yollarında ölen Doryan'ın şiirlerini anımsayan yoktur. Oysa Ermeni şairin "Müezzin'in Ezan Sesi" adlı bir şiiri vardır. Bu şiir, ezan sesine yazılmış en güzel dizeleri içerir. Nefreti, kini, ötekileştirmeyi görev edinerek kan üstüne politika yapanlar dişlerini gıcırdatadursunlar, biz Armen Doryan'ın şiirinin son kıtasını okuyalım:

Ve sonunda olan olur ve işte tam bu zamanda her şey yavaş yavaş gelişir,
Evet huzur ve sükun gelip kalbimde yerine oturur,

İçime bir ferahlık, bir sükun dolar ve kaplar bütün varlığımı,
Çünkü o, bu akşam, gözyaşı döküp ağladı, benim hüznüm ve kederim için.

Ezan sesinde yaşadığı hüzün ve kederin anlaşıldığını hisseden, dahası, müezzinin gözyaşı döküp ağladığını düşünen Armen Doryan'ın kenti olan Sinop'a bir Ermeni kadın getirilir, tehcir yıllarında. Galip Efendi, can pazarı yaşanan tehcir döneminde, Sivas'ta gördüğü Ermeni kadını, âşık olup beraberinde Sinop'un Salı köyüne getirmiştir. Ne var ki, Galip Bey evlidir! Kocasından vazgeçmeye niyeti olmayan Seniha Hanım, oğlunu da alarak Salı köyüne gelir. Ama zaman geçtikçe karısının Galip Bey'den umudu kesilir ve Seniha Hanım oğluyla Sinop'a döner.

Ahmet, babası Galip Bey'i tanımadan büyür. Ankara Lisesi'nde okurken, edebiyat öğretmeni Ahmet Hamdi Tanpınar ilk ders Mona Lisa'yı anlatır, uzun uzun. Ahmet, o günü şöyle anımsar: "O ilk dersten şu anda tek hatırladığım, kırk beş dakika müddetle bize sadece Jokonda'nın (Mona Lisa'nın) ellerini anlatmasıdır. Benim sanata tutkunluğum Jokonda'nın ellerine o gün duyduğum aşkla başlar."

Nâzım Hikmet, "Si-Ya-U" adlı bir Çinlinin Louvre Müzesi'nde gördüğü Mona Lisa'ya aşkını anlatırken, Ankara'da bir lise öğrencisi, hiç görmediği Mona Lisa'nın öğretmenden duyduğu ellerine tutulur. Ve bu aşk Ahmet'e resim sanatının değil, şiirin kapısını açacaktır.

Fransız yazar Antoine de Saint-Exupéry'nin, ünlü eseri *Küçük Prens*'i yayınladığı 1943 yılında Ahmet'i, askerlik görevini yaptığı Doğubeyazıt'ın Sürehan köyündeki bir sınır karakolunda görürüz. Eşi Münire şöyle anlatır o günleri: "Tezekle ekmek pişirip, iki odalı, toprak damlı kerpiç evde gaz lambası ışığında sabahlara kadar oturup Ağrı şiirinin nasıl yazıldığını gördüm."

Sen uygun bir vakti gelince rüzgârın
Sonsuzluğa doğru kalkacak sihirli
Bir gemi gibisin göklerde demirli
Ve ben rıhtımında bekleyen tek yolcu...

Soyadını Sinop'un bir dağından alan Ahmet'in, Ağrı Dağı'nı göklere demirli bir gemiye benzettiği dizeler, Nuh'un Gemisi'ne bir göndermedir. Şairin soyadını aldığı dağın adı mı? Dıranas. Babası tehcir döneminde Ermeni bir kadına âşık olan ve bu aşkın önüne geçemeyen annesinin gözyaşları altında büyüyen çocuk, Ahmet Muhip Dıranas'tır.

New York'ta yayınlandığı 1943 yılında, Ağrı Dağı'nın eteklerinde askerlik yapan Ahmet Muhip Dıranas, *Küçük Prens*'i Türkçeye ilk çeviren kişidir. Dıranas, *Küçük Prens*'i yayınlandığı ilk dil olan İngilizceden değil, Fransızcadan çevirmiştir. Çocuk Esirgeme Kurumu'nda çeşitli görevlerde bulunan, çocuk dergilerinde yazı işleri müdürlüğü yapan şair, Fransızcaya ilgi duymasının nedenini de şöyle açıklar: "Ben Fransızcayı Baudelaire'i okuyup anlayabilmek için öğrendim denebilir."

Küçük Prens, çöle düşmüş bir pilotun, altı yaşındayken yaptığı fil yutmuş bir boa yılanının resmini anımsamasıyla başlar. Pilot, çocukluğunda yaptığı resmi gösterdiği yakınlarına "Korktunuz mu?" diye sorduğunda şu yanıtı alır: "Şapkadan da korkulur mu hiç?"

Fil yutmuş bir boa yılanı resmini şapkaya benzetenler gibi, Cemal Süreya'nın imzasını görenler de aynı yanılgıya düşerler. Cemal Süreya'nın imzasındaki çıkıntıyı şapkaya benzetme yanılgısında olanlar arasında Salâh Birsel ve Metin Altıok da vardır. Öyle ki Birsel bu konuda bir deneme, Altıok'sa şiir yazmıştır. Oysa Cemal Süreya'nın imzasındaki çıkıntı, şapka değil burundur. Şu an, Sunay Akın okurlarının "Bize bunu *Ayçöreği ve Denizyıldızı* kitabında anlattın" diye burun kıvırdıklarını görür gibiyim. Ama fil yutmuş boa

Saint-Exupéry'nin çizimi ve Cemal Süreya'nın imzasındaki şapka.

yılanını şapka sanmanın yanılgısıyla başlayan *Küçük Prens*'i Türkçeye çevirenlerden biri de, imzasında burun niyetine çizdiği çıkıntının şapka olarak yanlış algılandığı Cemal Süreya'dır! Sanırım edebiyatın el değmemiş derinliklerindeki bu bağlantıyla kendimizi okurlara affettirmişizdir.

Saint-Exupéry *Küçük Prens*'te, bu çocuk gezginin geldiği "B 612" gezegenini ilk keşfedenin bir Türk astronom olduğunu yazar. Jules Verne de, 1865'te yayınlanan ünlü *Ay'a Seyahat* kitabında, aya gidecek bir araç yapabilmek için açılan kampanyaya Türklerin de katıldığını, İstanbul'dan para gönderildiğini yazar. Uzay konulu bu iki kitapta Türklerin görülmesinin nedenini astronomiye önem vermemiz, bu alanda söz sahibi olmamız değil, masal ve hayal dünyasındaki zengin geleneğimizin hakkının verilmesi olarak algılamalıyız.

Prof. Dr. Mehmet Emin Özel, kızı Zeynep'ten defalarca dinlediği *Küçük Prens*'teki B 612 gezegeninin var olup olmadığını, kitapta sözü edilen dönemde bir Türk astronomun gerçekten böyle bir buluş yapıp yapmadığını merak eder. Özel, NASA-GSFC'de araştırmacı olarak bulunduğu 1986-

1989 yılları arasında, kütüphanedeki eski astronomi dergilerini büyük bir özveri ve merakla incelemeye koyulur. Onun aradığı, *Küçük Prens*'teki bir Türk astronomun gerçekte var olup olmadığıdır.

Özel araştırmanın sonunda, 1911'de, Fransız Ulusal Astronomi Derneği'ne (SAF) üye yirmi üç Osmanlı vatandaşının olduğunu belirler. Aralarında Ahmet Hayri Paşa, Ömer Fevzi Bey, Halid Ziya gibi isimlerin olduğu liste hakkında Mehmet Emin Özel, *Tarih ve Toplum* dergisinin Haziran 1991 sayısında şu bilgiyi verir: "Bu üyelerin büyük bölümü Türkiye'de yaşayan yabancılar ve gayrimüslim Osmanlı vatandaşlarıdır. Ancak bu listeyi içeren Fransızca kaynak ve o tarihlere ait diğer benzer kaynaklar, bu kişilerin veya diğer herhangi bir Türkün astronomi konularında kayda değer en ufak bir buluş veya çalışmalarından bahsetmemektedir. Türkiye'den SAF'ye üyelik şeklindeki ilginin, o sıralarda dünyamızı ziyaret etmesi beklenen Halley Kuyrukluyıldızı'na bağlanması da mümkündür."

Mehmet Emin Özel'in beynini kemiren bir soru da, B 612 gezegeninin var olup olmadığıdır. Özel, Almanya'da çıkan *Astronomische Nachrichten* dergisinin 1906 yılı sayılarından birinde, Alman astronom A. Wolf tarafından keşfedilen bir astroitin "B 612" olarak kayıtlara geçtiğini bulur. Astroitlere kadın adı verildiği için, Küçük Prens'in gezegeni B 612 katalog numarasının dışında "Veronica" olarak adlandırılır.

Küçük Prens'in geldiği gezegeni kitapta sözü edilen dönemde keşfeden bir Türk astronom yoktur. Ama Saint-Exupéry'nin hayal dünyasıyla gerçek arasında köprü kuran bir Türk bilim insanının varlığını bilmek yüzümüzü güldürüyor.

Saint-Exupéry İstanbul'da

Winfried Löschburg'un *Seyahatin Kültür Tarihi* adlı kitabını okuduğumda yıl 1998'dir. Kitabın 88. sayfasındaki resmi gördüğüm ânı hiç unutamam. Heyecanla masamdan kalkmış kütüphanemdeki *Küçük Prens*'i aramıştım. Bulunca da, Exupéry'nin kitabına çizdiği ilk resim ile Löschburg kitabındaki resmi yan yana getirip, bilinmeyen bir gezegen keşfeden gökbilimci gibi sevinmiştim.

Elinizde tuttuğunuz bu kitabın hazırlığı için kütüphanemin raflarına ayırdığım yüzlerce belge arasında, Löschburg'un ve Exupéry'nin kitapları yan yana durdu yıllarca. Çünkü, iki kitabın sayfalarındaki iki resmin benzerliğini mutlaka yazmalıydım. Ne var ki, Alban Cerisier ve Delphine Lacroix'nın derlediği *Küçük Prens'in Güzel Hikâyesi* adlı kitap 2013 yılında Ali Bilgin, Esra Kökkılıç Sumru Ağıryürüyen tarafından Türkçeye çevrilince benim buluşun pabucu dama atıldı. Çünkü bu kitabın sayfalarında, yakaladığım benzerlikten söz edilir.

Löschburg'un kitabında gördüğüm, Francis Godwin'in "Aya Uçan Gezgin" adlı resmidir. Resimde bir adam, on göçmen kuşa iplerle bağlı ilkel bir mekanizmaya oturarak uçarken, sol eliyle tuttuğu küçük yelkenle de rüzgârın gücünden yararlanmaktadır. Exupéry'nin kitabına çizdiği ilk resminde de, Küçük Prens uçarken iki eliyle göçmen kuşlara bağlı ipleri tutmaktadır. Fransız yazar, kahramanı Küçük Prens'i uçurmak için Löschburg'tan bir kuş fazla çizmiştir.

Francis Godwin'in "Uçma Makinesi"
1659.

Küçük Prens'in Güzel Hikâyesi kitabının 23. sayfasında da Godwin'in resmine yer verilerek, benzerlik şöyle vurgulanır: "Saint-Exupéry'deki yaban kuşlarının uçuşunun belki uzak bir ilham kaynağı: Uçma Makinesi, Francis Godwin, *The Man in the Moone*, Londra 1638."

Hemen söyleyeyim ki, Godwin'in *Seyahatin Kültür Tarihi* adlı kitaptaki resmi ile *Küçük Prens'in Güzel Hikâyesi*'ndeki resmi aynı değildir. Her iki resimde de göçmen kuşların çektiği ilkel bir mekanizma sayesinde uçan bir adamı görürüz. Ama Löschburg'un kitabında, tarihi 1659 olarak yazılan resimde bir dağ yolu, kayalıklara tırmanan bir keçi ve şato görünürken, öteki resimde böylesine ayrıntılı bir manzara yerine sadece adamın ayakları altında çizilen küçük bir dağ vardır.

Godwin ile Saint-Exupéry'nin resimleri arasındaki benzerliğe dikkat çeken bilmediğimiz başka yayınların varlığı da olasıdır. Üstelik dünyanın çeşitli kültürlerinde kahramanın kuşların yardımıyla uçtuğu pek çok öykü anlatılır. Saint-Exupéry onlardan da etkilenmiş olabilir. Biz, Küçük Prens'i uçuran göçmen kuşların ilham kaynağıyla ilgili farklı bir görüş ortaya atalım ve Exupéry ile Andersen arasında bir köprü kuralım:

Saint-Exupéry, kahramanını kuşların yardımıyla uçurduğu resmin altına şunu yazar: "Küçük Prens, gezegeninden

Göçmen kuşların uçurduğu Küçük Prens.

Düşmüş pilot Saint-Exupéry.

kaçarken, göç yolundaki yabanıl bir kuş sürüsünden yararlanmış olmalıydı."

Andersen de, İstanbul'a doğru yaptığı Doğu yolculuğunda trenden şöyle söz eder: "Büyülü atımızı arabanın önüne bağlıyoruz ve mekân yok oluyor; fırtınadaki bulutlar gibi uçuyor, göçmen kuşları taklit ediyoruz!"

Saint-Exupéry, Andersen'in göçmen kuşlar ile yolculuk arasında kurduğu bu bağdan haberdar mıdır? Ya da daha doğrusu, Fransız yazar Danimarkalı yazarın anlatımından etkilenmiş olabilir mi? Bu sorunun yanıtını verebilmek için, Saint-Exupéry'nin Andersen'in hayal dünyasına karşı ilgi duyduğunu gösteren bir belge bulmalıyız.

Amerika'da yayınlanan *Harper's Bazaar*'ın, Nisan 1941 tarihli sayısında bir yazar ile sevdiği kitaplar konusunda yapılan söyleşi yayınlanır. Yazar şunu söyler: "Gerçekten sevmiş olduğum ilk kitap, Hans Christian Andersen'in bir peri masalları derlemesidir."

Söyleşinin yapıldığı yazar, Antoine de Saint-Exupéry'dir!

Godwin göçmen kuşlara aşağıdan bakarken, Saint-Exupéry'nin hayatı bir pilot olarak o kuşların kanatları arasında geçecektir. 1912 yılının 27 Temmuz günü, Lyon yakınlarındaki Amberiu'da bir çocuk, pilot Gabriel Wrobleski'ye "Annemin izni var" yalanını söyleyerek hayatının ilk uçuşunu gerçekleştirir. Havacılığa ve edebiyata tutkun olan bu çocuk, iki yıl sonra da bir öyküsüyle okulda ödül alacak olan Exupéry'dir.

1921'de havacı olarak askere alınan Saint-Exupéry, aerodinamik ve mekanik öğretmeni olur. Fakat onun aklı uçmaktadır. Komutanının izniyle bir pilottan uçuş dersleri alır. Kısa sürede yeteneği dikkat çeken Exupéry, ordu tarafından Kazablanka'ya gönderilir ve burada dört aylık bir eğitimin ardından 23 Aralık 1921'de, "19398" sicil numarasıyla bröve sahibi olur.

1 Mayıs 1923'de uyarılara aldırmaz ve izinsiz olarak kullandığı Hanriot HD 14 uçağı ile hayatının ilk düşüşünü yaşar. Yaralı olarak kaldırıldığı hastanede on gün, ardından da uçağı izinsiz kullanmak suçundan hapishanede on beş gün yatar.

1926'da, "Jaques Bernis'in Kaçışı" öyküsünden bölümlerin bir dergide yayınlanmasıyla ilk kez okur karşısına çıkar. Saint-Exupéry bu yıl ayrıca genel taşımacılık brövesini alır. İlk iş olarak yeni başlayan hava postacılığında çalışan yazarımız Fas ve Arjantin'de uçarken, *Gece Uçuşu* adlı kitabı ünlü eleştirmen André Gide'in önsözüyle yayınlanır.

Saint-Exupéry'nin hayatında 21 Aralık 1933, ikinci uçak kazasını yaşadığı tarihtir. İki arkadaşıyla birlikte kullandığı bir deniz uçağıyla dalgalar arasına çakılır. Arkadaşları su üstüne çıkarken, Saint-Exupéry hızla denizin dibini boylayan uçaktan adeta bir mucize eseri son anda kurtulur.

Küçük Prens'in yazarı, çok sevdiği Andersen'in de ziyaret ettiği İstanbul'a gelmiş midir?

Kasım 1935'te, Air France için bir inceleme gezisi yapan Saint-Exupéry, uçağıyla Fas'tan kalkarak Cezayir ve Tunus üzerinden Kahire'ye, oradan da Şam ve Beyrut'a ulaşır.

Arkadaşı Prevot ile birlikte Beyrut'tan havalanan ünlü yazarın rotasında Adana vardır. Çukurova'dan yola koyulur. Toroslar'ı aşarak uçağının burnunu İstanbul'a çevirir.

Küçük Prens'in çölde karşılaştığı uçağı düşmüş pilot, Exupéry'den başkası değildir. Fransız yazar, İstanbul'dan sonra Fransa'ya döner dönmez yeni bir iş için havalanır ve 30 Aralık günü, saat 02.45'te Libya'da çöle düşer. Saint-Exupéry, hatıralarında İstanbul henüz canlıyken, çöldeki üçüncü günlerinde arkadaşı Prevot ile birlikte karşılarına çıkan bir yerli tarafından kurtarılır. 1938 yılının Şubat ayında Guatemala'da bir kez daha düşen yazar, bedenindeki sekiz kırık ile beş gün komada kalır. Ayıldığında doktorlar kötü haberi verir: Kangren olan kolu kesilecektir!

Exupéry, "Ne uçabilir, ne de yazabilirim" diyerek kolunun kesilmesine karşı çıkar. İyileşen kolu hiçbir zaman eski gücünde olmayacaktır..

1940 yılının Aralık ayında New York'a gelen Saint-Exupéry, arkadaşı Bernard Lamotte'nin evinde Marlene Dietrich, Greta Garbo'nun da aralarında olduğu pek çok ünlü sanatçıyla tanışır, arkadaş olur.

Bir de Charlie Chaplin ile..

1942 yazının sonuna doğru, karısı Consuelo'nun ısrarıyla New York'ta polemikler yaşadığı Fransızlardan uzaklaşmak için Long Island yakınındaki Asharoken'de bir eve taşınırlar. Bu evde, dünya edebiyatının en çok okunan ve sevilen kahramanlarından biri olan Küçük Prens doğacaktır! *Küçük Prens*'i yayıncısına teslim eden Saint-Exupéry, "En büyük yanlışım New York'ta yaşamak, bizimkiler savaştayken ve ölürken!" diyerek Fransız ordusuna geri dönmeye karar verir. Bu kararından sonra, bir akşam evindeki kütüphanesinde *Küçük Prens*'i baştan sona okur arkadaşlarına.

6 Nisan 1943'te, *Küçük Prens* Amerika'da ilk kez kitapçı raflarına konurken, Saint-Exupéry sakat koluyla pilotluğa yeniden dönmek üzere yola koyulur. Kitabın yayıncısı

Curtice Hitchcock, 8 Haziran 1943 tarihinde bir mektup alır Saint-Exupéry'den. Mektup Fas'ın Ucde kentinden gönderilmiştir: "*Küçük Prens* hakkında hiçbir şey bilmiyorum. Basılıp basılmadığından bile haberim yok"

Küçük Prens ilk günden beri okurları tarafından ilgiyle karşılanırken, Antoine de Saint-Exupéry 31 Temmuz 1944'de, Korsika, Poretta'dan "223" numaralı Lightning P 38 uçağıyla havalanır.

Onu bir daha gören olmaz...

Ancak dünyanın her köşesinde çocuklar, göçmen kuşlara bağladığı ipleri tutarak uçan bir adam gördüklerini, onlara hiç kimse inanmasa da, o günden beri *Küçük Prens*'in çevrildiği her dilde anlatırlar.

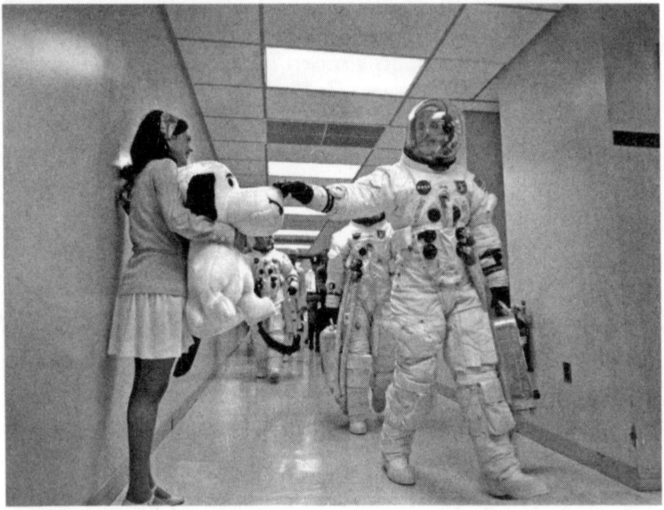

Snoopy astronotları yolculuyor.

Flash Gordon ile Namık Kemal!

Plüton gezegenine gönderilen uzay aracı "New Horizons"un içinde, kendisini keşfeden astronom Clyde Tombaugh'un külleri vardır. Adını dokuz yaşındaki bir kızın verdiği, Güneş Sistemi'nin bu dokuzuncu gezegeni, Walt Disney'in çizgi romanlarında "Pluto" karakteriyle bilinen köpek olarak çıkar karşımıza.

Rusların 1958 yılında "Laika" adlı köpeği uzaya göndermesinden on bir yıl sonra, Amerika'da bir roketin fırlatma rampasında insan boyunda bir köpek görülür! Apollo 10'un astronotlarına şans dileyen bu köpek, çizgi roman karakteri Snoopy'den başkası değildir. Elinde büyük bir Snoopy oyuncağı tutan görevlinin de rampaya girmesine izin verilmesinin nedeni, Apollo 10'u hazırlayan ekibin çalışmalar esnasında bu ünlü çizgi roman karakterini maskot olarak seçmesidir. 19 Mayıs günü, Apollo 10'dan yapılan telekonferansta, astronot John Young yanında götürdüğü Snoopy'nin bir çizimini de görüşme esnasında kameraya uzatır. Böylelikle Snoopy, uzaya çıkan ilk çizgi roman kahramanı olarak tarihe geçer.

Modern bilim kurgunun kurucusu olarak bilinen Jules Verne'in ardından, Amerika'da *Amazing Stories* dergisinin Ağustos 1928 sayısında yayınlanan "Armagedon 2419 A.D." başlıklı öykü yeni bir dönemin habercisidir. Yazar Philip Nowlan, 7 Ocak 1929'da öyküyü çizgi roman şekline sokar ve böylelikle Dick Calkins'in çizimiyle ilk uzay kahramanı "Buck Rogers" doğmuş olur.

Amerikan ordusunda pilot olan Buck Rogers, serüvenlerine ülkesini Moğollara karşı korumakla başlasa da, zaman içinde Mars'a gider ve uzay korsanlarının da hakkından gelir. Buck Rogers, sinema, radyo programları, televizyon dizileri, çizgi roman ya da bilim kurgu edebiyatında uzay konulu ilk serüvenlerin öncüsüdür. Roket silahlar, patlayan mermiler, robotlar, insanı zıplatan kemerler gibi pek çok fantastik sahneler içeren Buck Rogers'ta Ay'a iniş sahnesi de vardır. Hiroşima'dan altı yıl önce, 1939'da, atom bombasının tarifini Buck Rogers'ta görürüz.

Buck Rogers'ın gördüğü ilgi üzerine yeni bir uzay kahramanının yaratılması düşünülür. King Fatures firması Alex Raymond'un yazdığı ve çizdiği "Flash Gordon"u Buck Rogers'a rakip olarak çıkarmaya karar verir. İlk kez 1934 yılının Ocak ayında okurlarıyla buluşan Flash Gordon, kısa sürede Buck Rogers'ı geride bırakır. Bunda hiç şüphesiz ki, Alex Raymond'un gelecekle ilgili zengin hayal gücünün payı çok büyüktür. Flash Gordon'un hayal dünyasına yaptığı etkiyi, gençlik yıllarında çizgi roman çizen ünlü yönetmen Fellini'nin şu sözünde buluruz: "Flash Gordon'un yaratıcısına herkes gibi ben de derin bir hayranlık duyardım. Bir zamanlar filmlerimde onun renklerini ve dünyasını yansıtmaya çalışırdım."

Flash Gordon, yayınlandığı dönem Türkiye'de de büyük ilgiyle karşılanır. Ancak Flash Gordon'un ülkemize ayak basması pek de yasal yollardan olmaz. Gelin, hep birlikte, bu ünlü hayal kahramanının Türkiye'deki maceralarına göz atmak üzere Sirkeci Garı'ndan içeriye girelim.

Beklediğimiz trenden inen yolcular peronda bize doğru gelmektedir. Yolcular arasında Flash Gordon'un çizeri de vardır. Ama tren yurt dışından gelen değil, Halkalı'dan kalkan ve istasyonlardan İstanbulluları toplayarak Sirkeci'ye

taşıyan banliyö trenidir. İşlerine yetişme telaşındaki insanlar arasında Alex Raymond'u aramayın boşuna. Biz burada, Bakırköy İstasyonu'nda trene binen genç bir adamı bekliyoruz. Çünkü, bize Flash Gordon'un Türkiye'deki öyküsünü anlatacak olan, o kısa boylu delikanlıdır.

Onca insan arasından onu sadece kısa boyundan mı tanıyacağız? Her şeyden önce bekleyeceğiz. Çünkü, trenden son inenler arasındadır. Bunun nedeni genç adamın karikatürlerini toplamasıdır. Hayır, hayır! Karikatürlerini yere düşürdüğü için toplamıyor. İyisi mi, neler olup bittiğini bize kendisi anlatsın: "Karikatürlerimi bizim vagonun pencerelerine ve görülebilecek yerlerine arkadaşlarımın yardımıyla yapıştırmış ve vagonun sürekli yolcularından eleştirilerini beklemeye başlamıştım. Sanki ülkemizde her gün banliyö trenlerinde karikatür sergisi açılırmış gibi, gelenler gördüklerine hiç mi hiç şaşırmamışlar, 'Şu iyi', 'Bunu anlamadım, ötekisi daha iyi olabilirdi' gibi sözlerle fikirlerini belirtmişler ve Sirkeci'ye gelene dek benimle karikatür tartışması yapmışlardı. Alabildiğine mutluydum o gün. Sirkeci'de karikatürlerimi toplamış, tramvay durağına doğru giderken, bir taraftan 'Dünyanın en büyük karikatürcüsü benim ama anlamıyorlar' diye düşünüyor; bir taraftan da yılların çabuk geçmesi için Allah'a dua ediyordum."

İlk sergisini banliyö trenlerinde açan karikatüristimiz Altan Erbulak'tır. Flash Gordon'un ülkemizde yayınlanış öyküsünü karikatür ve tiyatro sanatının ustalarından Erbulak'tan dinliyoruz: "Güzel Sanatlar Akademisi'nde öğrenciydim ve Babıâli yaşantıma, yani gazeteciliğe ucundan kenarından başlamıştım. Ülkü Yayınevi'nin çıkardığı *Çocuk Sesi* dergisinde 'Baytekin' adlı çizgi romanın kopyalarını yapıyordum. Adamların yaptıklarını çalıyorduk açıkça. Yani sizin anlayacağınız Amerika'da bir yerlerde Alex Raymond diye bir ressam *Flash Gordon* özgün adıyla dünyanın parasına bir resimli roman çiziyor, biz bunun üzerine aydınger dediğimiz buzlu kâğıtları koyup kopyalarını çıkarıyor ve 'Baytekin Başka Dünyalarda' diye yayınlıyorduk. Ne telif hakkı!.. Ne bir şey!.. Eee, insan o dönemde hem Güzel Sanatlar Akademisi'nde okur hem de Babıâli'de resimli roman kopyaları çizerse, kendini Baytekin'le Namık Kemal arası bir şey gibi görürdü."

Çocuk Sesi dergisinde "Baytekin" adıyla yayınlanan Flash Gordon, Türkiye'nin her kentinde çocukların merakla beklediği bir çizgi roman olur. Flash Gordon'un yolunu gözleyenlerden Adanalı çocukların yanına gitmek üzere Gökhan Akçura'nın *Ay'a Seyahat* kitabının sayfaları arasında bizi bekleyen karikatürist Turhan Selçuk'a kulak veriyoruz: "O zamanlar 1936'larda Adana Lisesi'ndeydik. Kardeşim İlhan (Selçuk) her pazartesi elinde haftalık *Çocuk Sesi* dergisiyle gelirdi. Gelir gelmez, hemen bütün arkadaşlarla İlhan'ın başına toplanıp etrafını sarar ve açtığı derginin iki orta sayfasını silme kaplayan Baytekin'in (Flash Gordon'un) resimlerine hayran hayran bakardık. Ancak derse giriş zili çalınca Alex Raymond'un dünyasından kopup giderdik."

Sadece Altan Erbulak'ın düşündüğü Namık Kemal'i mi? Flash Gordon, Babıâli'nin iki usta gazetecisi İlhan Selçuk ve Turhan Selçuk'u da yazımıza konuk edecek güce sahiptir!

Flash Gordon, Sunay Akın ile Cem Yılmaz'ı aynı film sahnesinde yan yana getiren hayal kahramanıdır. Cem Yılmaz'ın başrolünü oynadığı ve yönettiği "Pek Yakında" filminin senaryosunda İstanbul Oyuncak Müzesi de vardır. Sinemamızda duygusal komedinin başarılı örneklerinden biri olan filmde, Cem Yılmaz oğluyla birlikte müzeyi ziyarete gelir. Uzay odasında çocuk, babasının kendisine aldığı Flash Gordon oyuncağının aynısını görünce heyecanlanır ve oyuncağın sergilendiği camekâna doğru yönelir. O sırada da Sunay Akın, "Sunay Akın" rolüyle beyaz perdede görünür ki, sinema salonunda alkış, kıyamet..

Sahnenin sonunda Sunay Akın, hızlı adımlarla yanından uzaklaşan Cem Yılmaz ve çocuğa seslenir: "Tarihte birbirini en çok seven baba ve oğul kimdir?"

Bu sorunun yanıtını biz vererek Sunay Akın'ı da geride bırakalım: Tanrı ve Hz. İsa!

Po8

Öğretmen ders anlatırken, George MacManus adlı öğrenci arkadaşının resmini yapmaktadır. Ne var ki resim sevgisi lise öğrencisine pahalıya patlar. Kâğıdı hışımla önünden alan öğretmen, onu bir zarfa koyar ve altına da şu notu yazdığı resmi ailesine götürmesini ister: "Oğlunuz ders dinlemek yerine bütün gün bu resmi yaptı."

George, akşam babasının eve gelmesini beklerken korku içindedir. Oğlunun ürkek bakışları altında zarfı açan baba hiçbir şey söylemez. Ertesi sabah baba oğul birlikte çıkarlar evden. Okula gittiklerini sanıyorsanız, aldanırsınız! Babası, George MacManus'u *The Republican* gazetesine götürür ve editöre çizdiği resmi gösterir. Genç adam, bir hafta sonra çizer olarak işe başlar.

O gece, babası George MacManus'a sıradan bir babanın tepkisini gösterse, "Ben adam olasın diye çalışırken, sen derste dalga geçiyorsun" diye çıkışsa, yani öğretmenin suyuna gitse, ülkemizde *Güngörmüşler* adıyla yayınlanan, Amerika yüksek sosyetesinde geçen ünlü çizgi roman *Bringing Up Father* doğmamış olacaktı.

İlkokul yıllarından beri çizgiye meraklı olan çocuklardan biri de Maurice De Bevere'dir. Hiçbir eğitim almadan çizgi roman ressamı olan Bevere, İkinci Dünya Savaşı'ndan sonra, 1947'de Belçika'da yayınlanan *Spirou* adlı derginin sayfalarında dünyanın en ünlü kovboyunu ilk kez okurlarla buluşturur. "Lucky Luke" adlı kovboy, ülkemizde Red Kit olarak bilinir. Red Kit'in çizerini de tüm dünya Maurice De Bevere olarak değil, eserlerinin altına attığı imzasıyla "Morris" olarak tanır.

Doğaüstü güçlere sahip olan kahramanlardandır Red Kit ve her serüvenin son karesinde atını batan güneşe doğru sürerken söylediği şarkıda kendini "Ben fakir ve yalnız bir kovboyum / Ve evimden çok uzaklardayım" diye tanıtır. Red Kit'in doğaüstü güçlerinden biri, atı Düldül ile konuşmasıdır. Atının dilinden anlaması bir yana, onu süper bir güç yapan özelliği çabukluğudur. Kovboy filmlerinde ve çizgi romanlarda kahramanlar olağanüstü marifetleriyle tehlikelerden kurtulurlar ama aralarından hiçbiri ateş ederek gölgesini vuramaz. Bunu başarabilen bir tek kovboy vardır: Red Kit! Bir hayal kahramanının, gölgesinden hızlı silah çekmesi ancak ışık hızını geçmesiyle gerçek olabilir.

Einstein'ın, kütlesi nedeniyle herhangi bir cismin ışıktan daha hızlı hareket edemeyeceği kuramı bilim çevrelerinde kabul görür. Red Kit'in, gölgesinden hızlı silah çekerek onu vurduğu çizimi, Einstein'ın düşüncesine açık bir meydan okuma olarak görebiliriz!

Bu düelloda kazanan kimdir? Red Kit mi, Einstein mı?

İsviçre'deki Avrupa Nükleer Araştırmalar Merkezi'nde (CERN) 2011'de yapılan deneylerde, notrinolar sayesinde ışıktan hızlı hareket edilebileceği ileri sürülür. Bilimcilerin, adına notrino dediği maddedeki bu temel parçacığın içinde hiç elektrik yükü olmaması ve bu yüzden saptanamaması, deneyleri zorlaştırır. Ancak çalışmalara katılan bilimciler, gölgesinden hızlı silah çeken Red Kit'in gizemini çözdüklerine inanırlar.

Red Kit, gölgesinden önce silah çekerek aslında gölgesini değil, ışık hızını geçme konusunda Einstein'ın düşüncesini avlar. Fizik kurallarını alt üst eden bu çizim ilk kez, 1951

Red Kit ve Einstein'ın düellosu.

yılında yayınlanan *Pat Poker'a Karşı* adlı serüvende görülür. Serüvenler birbirini takip ettikçe, Red Kit'in ağzındaki sigaranın yerini otun alması gibi, ateş eden tabancasının yerini de mizahın gücü alacaktır. Asteriks'in de serüvenlerini yazan René Goscinny'nin 1955 yılından sonra Red Kit'e de el atıp Dalton Kardeşler ve çizgi roman tarihinin en aptal köpeği Rin Tin Tin'i hikâyeye katmasıyla mizahın gücü daha da öne çıkar. Dalton Kardeşler'in en uzunu ve aptalı olan Avarel ile Rin Tin Tin arasındaki diyaloglar, serüvenlerin en çok güldüren ve ilgi çeken parçaları arasında ilk sırada yer alır.

Kovboy dünyasında silahını bir kez olsun ateşlemeden ünlü olan gerçek bir kahraman vardır: Ama o Red Kit gibi kanun koruyucu değil, posta arabası soyguncusudur. Silah kullanmadan posta arabası nasıl mı soyulur? Sizi daha fazla merakta bırakmadan 3 Ağustos 1877 tarihine gidiyoruz.

O gün, ileride büyük bir bankaya dönüşecek olan taşıma şirketi Wells Fargo'ya ait bir posta arabası, Kaliforniya'da Russian River'dan Fort Ross'a gitmektedir. Dört at tarafından çekilen posta arabasının sürücüsü Koca Bill, yol kenarından aniden önüne çıkan beyaz pardösülü ve başı örtülü adamı görünce dizginlere yapışır. Çift namlulu tüfeğini sürücüye doğrultan soyguncu, para sandığını yere atmasını ister. Arabada yolcu olmadığı gibi koruma görevlisi de yoktur. Koca Bill, soyguncunun isteklerini çaresizlik içinde yerine getirir, para sandığını attıktan sonra atları çözerek serbest bırakır. Soyguncu para sandığını aldığında sürücüye şunları söyler: "Tamam, şimdi atları geri getirip arabaya koşabilirsin. Çok teşekkür ederim efendim."

Koca Bill, sıradan bir soyguncuyla karşıya karşıya olmadığını "efendim" sözcüğünden anlar. Soyguncu gözden kaybolmadan önce de şöyle seslenir: "Ben gereksiz yere kan dökecek birisi değilim". Soygun yokuş bir yerde olmuştur. Koca Bill, ileride bekleyen atları geri getirip arabaya bağladıktan sonra yerde sürüklenen sandık izini takip eder. Sandığı bulduğunda içindeki altınların ve paraların yerinde yeller estiğini görür. Para sandığının içinde yalnızca soyguncunun bıraktığı, kurşunkalemle yazılmış bir şiir vardır:

Uzun yıllar çalıştım, didinip durdum
Ekmeğimi kazanmak için,
Onurum için, zengin olmak için,
Ama beni hep incittiniz,
Sizi gidi ince saçlı .rospu çocukları.

Soyguncu şair Kara Bart.

Meçhul soyguncu şiirin altına "Black Bart, The Po8" imzasını atmıştır. Mizah yönü güçlü olan soyguncu şairimiz, içindeki paraları cebine indirdiği sandıkta şiirlerini yayınlamaya devam edecektir. Posta arabalarını ardı ardına soyan Kara Bart, her soygunda bir şiir bırakır ardında. Hepsinin de altında kendisiyle alay eder gibi Po8 imzasını kullanır. Po8 sözcüğünün İngilizce okunuşu şair anlamına gelen "Poet"dir.

Welss Fargo şirketi ünlü dedektif James B. Hume'u Kara Bart'ın ardına takar. Soygunların sayısı arttıkça ünlenen şair, geride elle tutulur bir iz bırakmamaktadır. Dedektif Hume, bir soygunda bırakılan şiirin Kara Bart'a ait olmadığını el yazısından anlar. Tarihin en komik ve en romantik soyguncusunun sahtesi de çıkmıştır!

Kara Bart içinde yolcu olmayan posta arabalarını soymayı tercih etse de, 22 Temmuz 1880 tarihinde karşısına çıktığı arabada balayına gitmekte olan Curtis çifti vardır. Bayan Curtis, para kesesini Kara Bart'a attıktan sonra, isterse nikah yüzüğünü de verebileceğini söyler. Bunları yaparken bir istekte bulunur: "Şiirlerinizden birini okur musunuz?" Kadının isteğini, "Teşekkür ederim hanımefendi, kusura bakmayın ama olmaz" diyerek geri çeviren Kara Bart, sözlerini para kesesini geri vererek tamamlar: "Ben kadınları asla soymam!"

Gazetede basılan bu sözleri, nezaketli davranışları ve silahını bir kez olsun kullanmayışıyla sempati toplayan Kara Bart'ın ününe ün katar. Yirmi yedi soygunun ardından Dedektif Hume, son soygununda koruma görevlisi tarafından yaralanan Kara Bart'ı yakalamayı başarır. Hume'u şaşırtan, soyguncu şairle ikiz kardeşlermiş gibi birbirlerine olan benzerlikleridir!

Wells Fargo, gerçek adı Charles Earl Bowles olan şaire son soygunundan dolayı dava açar. Altı yıl hapis cezası alan Bowles, tutukluluk süresinde de nezaketini gösterir ve iyi halden dolayı dört yılda serbest bırakılır. Karısının yanına dönmeyen Kara Bart, en son 28 Şubat 1888 günü görülür ve bir daha da kendisinden kimse haber alamaz. Tıpkı, Red Kit'in son karesi gibi "evinden uzak ve yalnız bir kovboy" olarak gözden kaybolur.

1972 yılının Ağustos ayında, Oregon'un Eugene kasabasında kendilerini "sessiz, sakin ve arkadaş canlısı" olarak tanıtan beş kafadar, *Black Bart* adlı bir dergi çıkarır. Bir hippi kasabası olan Eugene'de yaşayanlar, kendilerine "Kara Bart Komünü" adını vererek insanları "Yeni Bir Amerika Hayali"ne davet ederler. Soyguncu şairin şöhreti yıllar geçse de dilden dile anlatılır. Steve Cormier'in "Black Bart" şarkısı da, Amerika'da sisteme karşı gelenlerin konserlerinde söylenmeye devam eder.

Hapisten çıktığı gün, Kara Bart ile kendisini kapıda bekleyen gazeteciler arasında şu konuşma geçer:

— Bir daha suç işleyecek misiniz?

— Hayır.

— Şiir yazacak mısınız?

— Suç işlemeyeceğimi söyledim ya!

- .-. ..- ...- .- .- - ..*

Bir tablonun içinde, bir başka tablonun görüldüğü resimler vardır. Çok bilindiği için, Van Gogh'un kulağı kesik halde görüldüğü, sanatçının hemen arkasındaki duvarda bir Japon resminin asıldığı otoportresini örnek olarak verebiliriz.

Bu tür eserler arasında *Louvre Galerisi* adlı tablonun yeri ayrıdır. Bunun nedeni, söz konusu resme bakanlar, tablonun içinde otuz sekiz tane tabloyla aynı anda göz göze gelirler. Resimde, Louvre Müzesi'nin Salon Caree bölümünde yer alan tabloları seyreden ziyaretçileri de görürüz. Bu insanlar arasında ortada duran, tabloyu yapan ressamdır. Bir resmin içine otuz sekiz resmi sığdıran sanatçının yanında kızı Susan Walker durmaktadır. Resmin sol tarafında görülen üç ziyaretçiyse ressamın en yakın arkadaşı James Fenimore Cooper, eşi Susan DeLancy Fenimore Cooper ve şövalenin başında oturan da kızları Susan Fenimore Cooper'dır. James Fenimore Cooper adı kulağınıza tanıdık gelmiş olabilir. Cooper bir yazardır ve adını, *Son Mohikan* adlı kitabın kapağında okursunuz!

Louvre Galerisi adlı tabloda Rembrandt, Murillo, Raphael ve Rubens gibi ressamların, bu ünlü müzenin duvarında sergilenen eserlerini inceleyen insanlar konu edilir. Resim

---

* Truva Atı

Louvre Galerisi

içine resmedilen tablolardan biri de Leonardo da Vinci'nin ünlü yapıtı Mona Lisa'dır. Louvre Müzesi'nin en ünlü eseri olan Mona Lisa, günümüzde tek başına sergileniyor olsa da, sözünü ettiğimiz tablonun yapıldığı yıllarda, asıldığı duvarı pek çok sanat eseriyle birlikte paylaşmaktaydı.

Leonardo da Vinci'nin sanat ve bilim alanındaki eserleri, pek çok insana ilham olmuştur. Bu kişilerden biri de Bob Kane'dir. Kane, Da Vinci'nin "uçan makine"sinden etkilenerek yarattığı çizgi roman kahramanını, ilk kez *Detective Comics* dergisinin 27 Mayıs 1939 tarihli sayısında "Batman" olarak okuyuculara sunar. Batman'in ilham kaynağının Leonardo da Vinci olması, 1994 yılında yayınlanan bir serüvende anlatılır. "Siyah Şaheser" adlı serüven iki zamanlı olarak Batman'in ve Da Vinci'nin yaşadığı dönemlerde geçer. Da Vinci'nin yaşadığı Floransa'da sanatçının ünlü eserine model olan *Mona Lisa* kaçırılırken, Batman de hırsızların eline geçen Mona Lisa tablosunun peşine düşer. Çizgi romanın sonunda Medicilerin oğlu "Thomas", Mona Lisa adlı kadını kapatıldığı kuleden, Batman de bu kadının portresi olan tabloyu hırsızların sakladığı gökdelenden kurtarmayı başarır. Ünlü ressam, kuleye ulaşması için Thomas Medici'ye çizimlerini yaptığı uçan makinenin elbisesini hazırlar. Bu elbiseyle Medicilerin oğlu, Batman görünümündedir. Öyle ki, Da Vinci tablosunu tamamladığında, Mona Lisa'nın sağ omzunun arkasına kendisini kurtaran Thomas'ı da Batman kıyafetiyle çizer. Fakat Thomas, "Böyle bir şaheser benim karanlığımla kirletilmemeli" diyerek bir fırçayla kendisini tablodan siler.

İlk çizimlerinde kırmızı kostüm giyen ve eldiven takmayan "Yarasa Adam"ın izini sürecek olursak, 25 Ağustos 1845 tarihli *New York Sun* gazetesine göz atmalıyız... Gazetenin ilk sayfasındaki haberde, İngiliz astronom John Herschel'in teleskobuyla gözlemlediği Ay'da hayat olabileceği düşüncesi yer almaktadır. Sonraki gün Herschel'in Ay'da gördüğü dağlar, ormanlar, cüce zürafalar ve kırmızı kuşlardan söz edilirken, üçüncü gün ünlü astronomun yarasa adamlar gördüğü yazılır.

Çok geçmeden, gazetenin editörü Richard Locke yazılanların gerçekdışı olduğunu itiraf eder. Satışların artması için hazırlanan uydurma haberleri kaleme alan da, Locke'un yazar arkadaşı Edgar Allen Poe'dur. Yarasa adam Batman'in ortaya çıkışında Poe'nun bu katkısını yadsıyamayız.

Batman'in çizgi romandaki adı Bruce Wayne'dir. Yarasa adamın, rakibi Süpermen gibi özel güçleri yoktur. Milyarder bir sanayici olan Wayne, kötülerin hakkından dedektifleri kıskandıracak zekâsı ve parası sayesinde edindiği teknolojik araçlar sayesinde gelmektedir. Bruce Wayne adının ilham kaynağı da bir İskoç vatansever olan Robert Bruce'dur.

Louvre Müzesi'ni konu alan bir tablonun içine girerek başladığımız yazıyı bir müzede bitirelim yine. Bunun için,

SUPERMAN
DC
NATIONAL COMICS
FEB.
NO. 105
BATMAN
APPROVED BY THE COMICS CODE AUTHORITY
10¢
Featuring "The CHALLENGE OF BATWOMAN!"
AND THERE'S THE BATWOMAN! WE'RE TRAPPED!
LOOK! BATMAN AND ROBIN!

Batman'in 1957 yılının Şubat sayısını alalım elimize. Derginin sayfalarında, sanat müzesini soymak isteyen çetenin üyeleri son derece tanıdık bir yöntemle girerler içeriye. Müzeye armağan olarak verilen Truva atının maketinin içinden gece olunca çıkan çete üyelerinden biri şunu söyler: "Patron bir deha. Düşünsene bizi tam da binanın içine gizlice soktu. Tıpkı Yunanların Truva'ya girdiği gibi."

Sadece derginin içinde değil, kapağında da Truva atının resmi vardır. Anadolu tarihindeki ünlü Truva atının *Batman*'e kapak olduğunu yazdık ama yazının başına astığımız *Louvre Galerisi* adlı tablonun ressamının adını unuttuğumuzu, sanmayın! Chicago'daki Terra Vakfı Müzesi'ni ziyaret ettiğinizde görebileceğiniz tablonun ortasında duran ressam, 1837 yılında fırçalarını ve paletini bırakarak, bilime yönelir.

Ressamımız, "Mors alfabesi"ne adını veren Samuel Morse'tan başkası değildir!

SUPERMAN DC NATIONAL COMICS
10c ALL NEW STORIES
BATMAN
MAR. NO. 106
APPROVED BY THE COMICS CODE AUTHORITY
Featuring "The BATMAN PUPPET!"
SOME-MYSTERIOUS-FORCE-IS-MAKING-ME-REVEAL MY SECRET IDENTITY!
GREAT SCOTT! BATMAN'S ABOUT TO PAINT IN BRUCE WAYNE'S FEATURES IN THAT SELF-PORTRAIT!

"Louvre'a Gidiyorum, Bir Şey İster misin?"

Leonardo da Vinci'nin ünlü tablosu *Mona Lisa*'yı, Batman'in 1957 yılının Mart ayındaki kapağında da görürüz. Bu kapakta Batman, bir tuvale yağlıboya maskesiz portresini yaparken şunu söyler: "Gizemli bir güç beni gizli kimliğimi ele vermeye zorluyor." Derginin kapağında duvara asılı tablolar arasında *Mona Lisa* da vardır.

Da Vinci'nin gerçek bir kadının portresi olarak mı, yoksa hayalinden mi yaptığı bilinmeyen *Mona Lisa* tablosunun tarihinde sinemaya konu olacak komik ve bir o kadar da trajik bir öykü vardır: Her şey, ünlü şair Guillaume Apollinaire'in 1905 yılında, babası Brüksel'de hakim olan Géry Piéret adlı gazeteciyle tanışmasıyla başlar.

Son derece esprili, hayatı ciddiye almayan ve serüvenci bir karaktere sahip olan Piéret, Fransa, Belçika ve Amerika arasında sürekli olarak seyahat etmekte ve Paris'e geldiğinde bir dergide çalışmakta olan Apollinaire'in evinde kalmaktadır. Şair, bu dalgacı arkadaşını André Gide'e yazdığı bir mektupta şöyle anlatır: "En iğrenç işleri bile yapabilecek biri ama sokağa atamam ya. Öylesine kızdırıyor ki beni, delirmekten korkup bazen ben kendimi sokağa atıyorum."

Gazetecilik yapan Piéret, Apollinaire'yle olan arkadaşlığının ikinci yılında, şairin evine iki küçük Fenike heykeliyle gelir bir akşam. Heykellerin ortada durmamasını söyleyen Piéret, şairin sanatçı çevresinde tanıdığı Picasso'ya biri kadın,

Guillaume Apollinaire

öteki erkek başı olan heykelleri satar ve gözden kaybolur. Apollinaire, arkadaşının Fenike heykellerini nereden bulduğuna bir anlam veremez ama gariplıklerine alıştığı için pek de üstünde durmaz. Ressam sevgilisi Marie Laurencin, konunun çok ciddi olduğu konusunda bir gün uyarır şairi. Hele söylediği şu sözler beyninde şimşek gibi çakar: "Ciddiye almıyorsun ama arkadaşın o heykelleri Louvre Müzesi'nden çaldı. Bana da 'Louvre'a gidiyorum, bir şey ister misin?' diye şaka yollu sormuştu."

Uykusuz geceler Apollinaire'i beklemektedir. Piéret'in heykelleri Louvre'dan çaldığından emin olunca, istemeden de olsa içine düştüğü bataklıktan kurtulmak için çareler üretir. Bulur da! Bir gazetede, Louvre Müzesi'ndeki eserlerin iyi korunmadığına dair bir yazı yazacak, böylelikle heykeller, bu gazetecilik olayında gerçekleri gözler önüne sermek için özellikle çalınmış gösterilecektir!

Şair planını uygulamak için ilk adım olarak, heykelleri almak üzere Picasso'nun kapısını çalar. Ancak ünlü ressamdan aldığı şu yanıtla başından aşağıya kaynar sular dökülür: "Antik sanatın detaylarını öğrenmek istiyordum. Bu yüzden heykelleri incelemek için kırdım."

Müze yetkililerinin de, hatalarını örtbas etmek istemelerinden olsa gerek, hırsızlık olayı duyulmaz. Ve sessiz geçilen birkaç yılın ardından, 1911'de Géry Piéret çıkagelir Paris'e!

Son derece şık bir kıyafeti olan Piére, çaldığı heykellerden kazandığı parayı Amerika'da tükettiğinden çalışmak için dönmüştür. Her zamanki gibi arkadaşı Apollinaire'in evinde kalmaktadır ve işyeri elbette ki Louvre Müzesi'dir.

Pierre, yine bir akşam antik bir kadın başı heykeliyle döner işyerinden. Müze yetkilileri bu hırsızlık olayını da görmezden gelmeyi düşünürlerken beklenmedik bir şey olur; da Vinci'nin ünlü eseri *Mona Lisa* da çalınır Louvre Müzesi'nden!

Müze yetkilileri, tabloyu geri getirirse hırsızın cezalandırılmayacağını, hatta para verileceğini yayarlar. Bunun üzerine Piéret, çaldığı heykeli *Le Journal Paris* gazetesine getirir. Savunmasında da, Apollinaire'den yürüttüğü planı devreye sokar: "Heykeli Louvre'un iyi korunmadığını kanıtlamak için aldım. Gazeteniz aracılığıyla geri veriyorum. Dilerim ki, müze de bana hizmetimin karşılığı olarak doyurucu miktarda bir ödeme yapar."

Le Journal Paris, heykeli binasında sergilemekle kalmaz, Louvre Müzesi'nin yöneticilerini yerden yere vuran bir haber yayınlar. Bir süre sonra da Belçika'dan bir mektup gelir Louvre Müzesi'ne. Mektubun sonunda Géry Piéret'in imzası vardır ve *Mona Lisa*'yı kendisinin çaldığını itiraf etmektedir. Müze yöneticileri durumu polise bildirince, Piéret'in Paris'teki tüm çevresi şüpheliler listesine kaydedilir. Listenin başında da Apollinaire vardır.

Louvre'dan pek çok heykeli koltuğunun altına alarak çıkan Piéret, aslında *Mona Lisa*'yı çalan hırsız değildir. Ortalığı karıştırmak ve her zamanki gibi dalgacı kişiliğine uygun davranarak böyle bir yalan uydurmuştur. Ama, Fransız polisi elbette böyle düşünemezdi!

Apollinaire, başına gelecek felaketi bildiği için Picasso'nun yanında alır soluğu. Ünlü ressam şairden daha büyük bir korku içindedir. Çünkü, Piéret'in kendisine sattığı iki heykeli kırmadığını, geri vermek istemediği için yalan söylediğini itiraf eder. Apollinaire, polisin her yeri arayacağını, heykellerden kurtulmaları gerektiğini söyler. Önce gömmek gelir akıllarına,

sonra bunun uzun ve zahmetli bir iş olduğunu düşünüp heykelleri Seine Nehri'ne atmaya karar verirler.

Gece yarısı Seine Nehri kıyısında iki karartı, telaş ve korku dolu adımlarla yürümektedir. Amaçları, yanlarında taşıdıkları iki antik heykeli nehrin karanlık sularına atıp bir an önce evlerine dönmektir. Ne var ki, bunu bir türlü başaramazlar. Ne zaman nehir kıyısına yaklaşsalar takip edildikleri hissine kapılırlar.

Sonunda iki kafadar gün doğmadan heykellerle Picasso'nun atölyesine geri dönerler. Güneş odayı aydınlatırken, beyinlerinde de yeni bir düşünce doğmuştur: *Le Journal Paris* aracılığıyla heykelleri müzeye iade edeceklerdir. Tek koşulları, adlarının gizli kalmasıdır. Ancak her şeyi öğrenen polis, Apollinaire'in evine baskın düzenler ve şair, çetenin elebaşı olarak tutuklanarak cezaevine konulur.

Olup biteni duyan Picasso'nun kulağı kapıdadır. Ve sanatçının kapısı iki gün sonra çalınır! Ağlamaktan gözleri kan çanağına dönen Picasso, polisler tarafından götürüldüğü adliye binasında Apollinaire ile yüzleştirilir. Ünlü ressam İspanyol kökenli olduğu için Fransa'dan kovulmaktan korkmaktadır. Sorgulama sırasında Picasso suçu sürekli olarak Apollinaire'in üstüne atar. Bunun üzerine şair de ressam arkadaşını suçlar. Polis gözetiminde özgür bırakılan Picasso uzun süre vicdan azabı çekecek ve her kapı çalınışında tutuklanma korkusuyla irkilecektir.

Dostlarından birkaçı, Apollinaire'in özgür bırakılması için imza kampanyası açar. Şair, Sante Hapishanesi'nde yazdığı şiirle baş başadır:

Her sabah böyle gezinirim
Çukurda bir ayı gibi
Dönelim dönelim dönelim
Gök zincir misali mavi
Her sabah böyle gezinirim
Çukurdaki bir ayı gibi

Şairi özgürlüğüne kavuşturan yine bir mektup olur ve mektubu yazan yine Géry Piéret'dir! Apollinaire'in suçsuz olduğunun yazıldığı mektup, şairin avukat, Jose Thery'nin güçlü savunmasıyla birleşince, şairin tutukluluk hali kaldırılır.

Apollinaire, *Mona Lisa*'nın çalındığı günden sonra içine düştüğü kâbustan hayatı boyunca kurtulamaz. Edebiyat çevresi eserlerine saldırırken, göçmen bürosu da, Polonya kökenli şairi rahat bırakmayacaktır. Şair, Birinci Dünya Savaşı'na Fransa için katılıp ağır yaralansa da "Legion d'honneur" madalyasının göğsüne takılmasına engel olunur.

1918 yılında da, ceketinden madalyanın esirgendiği yerin altındaki kalbi durur. Apollinaire'i yıkan, madalyanın boşluğu değil, kalbinde açılan yara ve bırakılan boşluktur. Çünkü, özgürlüğüne kavuşması için açılan kampanyaya katılmayıp yazı vermeyi reddedenler arasında ressam sevgilisi Marie Laurencin de vardır!

Mona Lisa'nın Şöhreti

Ressam Louis Béroud, 21 Ağustos 1911'de, Louvre Müzesi'ndeki "Salon Caree" bölümünün kapısından içeriye girer. Duvara asılı tablolar arasındaki boşluk hemen dikkatini çeker. Dört çivinin görüldüğü o boşlukta *Mona Lisa*'nın asılı olduğunu çok iyi bilmektedir. Béroud, Da Vinci'nin tablosunun fotoğraf çekimi için yerinden kaldırıldığını düşünür. Ancak birkaç saat sonra o kâbus çöker Louvre Müzesi'nin koridorlarına: *Mona Lisa* çalınmıştır!

Şüpheler şair Apollinaire ve Picasso üzerinde yoğunlaşır ama polisin tüm amacı tabloyu bulmak ve en kısa sürede müzeye iade etmektir. İki yıl geçer aradan, *Mona Lisa* bulunamaz. Umutların tükendiği an, Floransa'dan bir haber gelir Louvre Müzesi'ne: Bir adam *Mona Lisa*'yı Uffizi Galerisi'ne satmak istemektedir!

Yakalanan hırsızın kimliği açıklanınca, Louvre Müzesi'nin yöneticileri bir hayal kırıklığı daha yaşar. İki yıldır her yerde, köşe bucak aranan hırsız müzelerinde çalışan Vincenzo Peruggia'dır. İtalyan kökenli Peruggia, hırsızlığı ortaya çıkan politikacıların yaptığı gibi milliyetçi duyguların arkasına saklanarak, tabloyu yapıldığı ülkede sergilenmesini istediği için çaldığını söyler. Peruggia, tabloyu iki yıl boyunca Paris'teki evinde saklamıştır. *Mona Lisa*, Louvre Müzesi'ne iade edilmeden önce İtalya'nın müzelerinde sergilenmek üzere bir geziye, daha doğrusu veda turuna çıkar.

Mona Lisa, çalınmadan önce tanınan bir eser değildir. Bugünkü şöhretini hırsızlık olayına borçludur. Tablonun kayıp olduğu iki yıl içerisinde pek çok dolandırıcı tarafından kopyası yapılarak el altından koleksiyonerlere satılır. Öyle ki, bu dolandırıcılık olayı için çalındığı bile iddia edilir. Yaşanan hırsızlık olayı Louvre Müzesi'nin önündeki ziyaretçi kuyruğunun uzamasına neden olur. O kuyrukta Türkiye'den giden pek çok sanatçı görürüz. Bunlardan biri de Bedri Rahmi Eyüboğlu'dur. İşte Bedros'un Louvre Müzesi'ndeki izlenimlerini anlatan "Louvre-5" adlı şiiri:

Ne yazık
Gün hayat kadar kısa
Luvr sanat kadar uzunmuş
Bana binlerce eserin önünden
Bir ekspresle geçiyormuşum gibi geldi.
Kaç defa görmeden geçtiğim şaheserlerin
Arkamdan yumrukları yükseldi.
Karıştırdım, Gogenleri, Tisyenleri birbirine
Ve gördüm ki Luvr'da birçok resim
Çarmıha gerilmiştir Hazreti İsa yerine.
Bir şair
Jakond'u Luvr'dan alıp
Çin'e uçurmuş derlerse inanmayın.
Jakond
Luvr'dadır.
Ve Luvr hâlâ
Jakond'un dudaklarında düğümlüdür.

Okuduğunuz bu dizelerde adı geçen "Jokond", Leonardo da Vinci'nin *Mona Lisa* olarak bildiğimiz ünlü tablosunun bir diğer adıdır. Resim *La Gioconda* adıyla da tanınır. Bedri Rahmi Eyüboğlu'ndan öğrendiğimize göre *Jokond*'u (ya da *Mona Lisa*'yı) Louvre Müzesi'nde sergilendiği yerden alıp

Nâzım Hikmet'in yıllar sonra karşılaştığı Emi Siao.

Çin'e uçuran bir şair vardır! Hem de bu şair, Apollinaire gibi kendini kolay kolay kurtaramayacaktır. Öyleyse biz de o şairin yanına gidelim. Kendisini bulmak hiç de zor olmayacaktır. Neden mi? Çünkü 1928 yılına, Hopa Cezaevi'ne gidiyoruz.

Şairimiz yakalanmıştır ama *Mona Lisa*'yı çalma suçundan değil, Türkiye'ye Sovyetler Birliği sınırından pasaportsuz girdiği için! Nâzım Hikmet'tir, Hopa'da dört duvar arasına kapatılan şair ve hücresinde "Jokond ile Si-YA-U" adlı şiirini yazmaya başlamıştır. Şiirde adı geçen Si-Ya-U, Nâzım Hikmet'in 1922'de, Moskova'daki Kunt Üniversitesi'nde tanıştığı Çinli arkadaşı Emi Siao'dur.

Emi Siao, Moskova'ya gelmeden önce Paris'te öğrenci olarak yaşamıştır. Çinli şair, Nâzım Hikmet'e *Jokond*'a (Mona Lisa'ya) âşık olduğunu ve tabloyu görmek için neredeyse her gün Louvre Müzesi'ne gittiğini anlatır. Siao 1924'de Çin'e geri döner ve üç yıl sonra da Nâzım Hikmet, arkadaşının Çan Jay Şek tarafından başı vurularak öldürüldüğü haberini alır. Şairin Hopa Cezaevi'nde yazdığı ve ikinci kitabı olarak yayınlanan *Jokond ile Si-Ya-U* adlı eseri, *Mona Lisa*'nın çalınması ve arkadaşının ölümünden duyduğu hüzünden etkilenmesi sonucu doğmuştur.

Nâzım Hikmet'in şiirinde Jokond, her gün kendisini ziyaret eden Si-Ya-U'nun sınırdışı edildiğini öğrenince, bir gece yarısı müzenin penceresinden kaçar ve Çin'e gider. Sevgilisinin, gözleri önünde başının kesildiğini gören Jokond'un yüzündeki tebessüm o an kaybolur ve Jokond "bir kavganın dev kadını" olur. Şiirin sonunda da Jokond ateşe atılır.

Nâzım Hikmet'i 1951'de Viyana'da katıldığı Dünya Barış Kongresi'nde büyük bir sürpriz beklemektedir. Başı kesilerek öldürüldüğünü sandığı ve o acıyla "Jokond ile Si-Ya-U" adlı kitabını yazdığı Çinli arkadaşı Emi Siao tam karşısında durmaktadır!

Görçek

Müzelerdeki tüm eserler büyük bir itinayla korunsa da, aralarında saldırıya uğrayanlar da olmuştur. Ziyaretçilerin en çok zarar vermek istedikleri eserlerin başında *Mona Lisa* gelir.

1956 yılında, bir ziyaretçi, çalındıktan sonra ünlenen tabloya asit atar. Aynı yıl içinde bir başka ziyaretçi *Mona Lisa*'yı taşlar!

Mona Lisa 1974 yılında sergilenmek için Japonya'ya götürülür. Da Vinci denildiğinde akıllara gelen ilk tablo olan *Mona Lisa*'nın Tokyo'da sergilendiği müze, engelliler için uygun değildir. Engelli bir kadın bu durumu protesto etmek için zar zor ulaştığı *Mona Lisa*'ya kırmızı boya atar. Günümüzde Louvre Müzesi'nde kurşun geçirmez bir camın ardında sergilenen tabloya, 2009'da, Fransız vatandaşlığı reddedilen bir Rus kadın tarafından, hediyelik eşya bölümünden alınan kupa fırlatılır.

Amerika Dayton'daki havacılık müzesinde sergilenen bir uçağın sol kanadından küçük bir bez parçası ve pervanesinden de yine küçük bir tahta parçası koparılmıştır. Müze yetkilileri 1969 yılında, gözleri önünde gerçekleşen bu olayı kılları bile kıpırdamadan seyrederler. Hem de yüzlerindeki duygusal ifadeyle!

16 Temmuz 1969, müzelerde sergilenen pek çok eserde görünen Ay'a ilk insanı taşıyan Apollo II'nin dünyadan ayrıldığı gündür. O gün aynı zamanda, bir müzeden alınan parçaların da en uzağa ve en yukarıya taşındığı tarihtir! Astronotlara özel eşyalarını taşımak için küçük bir çanta verilir. Neil Armstrong Ay'da yürürken, Dayton Müzesi'ndeki o uçaktan aldığı kanat ve pervane parçalarını da çantasında taşımaktadır. Ay'a götürülen, Wright kardeşlerin ilk uçuşu gerçekleştirdiği uçağın parçalarıdır. Hayal gücü dar insanların acımasızca eleştirdiği, hatta alay ettiği Wright kardeşlerin yaptığı ilk uçağın parçaları, altmış altı yıl sonra Armstrong tarafından Ay'a bırakılır.

İnsanın Ay'a ulaşma hayalinde, İkinci Dünya Savaşı'ndan sonra Ruslar ve Amerikalılar arasındaki yarışta ipi göğüsleyen taraf, Amerika olur. Amerika bu başarısını havacılığa verdiği öneme borçludur. 1969 yılına gelene kadar havacılık tarihinde çıkılan basamaklardan biri de, 1952 yılında alınan bir patenttir. Uçakların pervane yapımlarıyla ilgili icadın Amerika'ya satıldığını gösteren belge şu paragrafla başlamaktadır: "Bendeniz, Emrullah Âli Yıldız, İstanbul'da yaşayan bir Türk vatandaşı olarak Variable Propeller Mechanism For Winged Aircraft için bir icat yaptım ve 1 Ağustos 1952'de Birleşik Devletler Patent Ofisi'nde 302.046 numaralı başvuru formunu doldurdum."

Emrullah Âli Yıldız, Bursa'da kardeşleriyle birlikte fotoğrafçılık yapan bir gençtir. Yeşilköy Tayyare Makinist Mektebi'ni birincilikle bitirdikten sonra Bursa'ya döner ve 1935 yılında, yerden kendi kuvvetiyle havalanan bir planör yapar. Bir yıl sonra da, tek kişilik planörle 18 saat 35 dakika havada kalarak Türkiye rekoru kırar. Yıldız, dünya havacılık tarihine adını ilk kez 1938 yılında yazdıracaktır.

Ernest Jochmann iki kişilik planör ile 13 saat 59 dakika havada kalarak dünya rekorunu elinde tutmaktadır. Alman pilota bu rekorda arkadaşı Flessdorf eşlik etmiştir. Emrullah

Emrullah Âli Yıldız

Âli Yıldız, öğrencisi Sezai Göksu'nun arkada oturduğu planör ile 14 saat 20 dakika havada kalmayı başararak, Türkiye'nin adını havacılık tarihinin öncüleri arasına yazdırır.

Etimesgut Tayyare Fabrikası'nda 1941 ve 1949 yılları arasında tecrübe pilotluğu yapan Emrullah Âli Yıldız'ın dünya havacılığına bir armağanı da otomatik paraşüt açma sistemidir. Yıldız, *Havacılık ve Spor* dergisinin Haziran 1943 sayısında buluşunu şöyle tanıtır: "Bugünün tayyarelerinin sürati, paraşüt gaye süratinden çok daha fazla olduğundan, motoru duran, kopan, kanadı kırılan veya yanan bir tayyarenin pilotu, tayyaresini terk ettikten sonra paraşütünü açmayı geciktirmek mecburiyetindedir. Lazım gelen bu gecikme için pilotun birçok saniyeli atlayışları olan tecrübeli bir paraşütçü olması şarttır. Bugün bunun imkânsızlığı içinde pilotun bir de yaralı olabileceği göz önüne getirilirse paraşütten istifade bir tesadüften ibaret kalmaktadır. Halbuki her pilotun paraşütüne takılabilecek olan bu alet, pilotu hem büyük bir yükten kurtaracak hem de erken veya geç açma gibi hatalardan koruyacaktır. Alet, pilotun kendi isteği ile paraşütünü açmasına bir mani teşkil etmemektedir. Pilot, icab ederse istendiği anda paraşütünü kendi insiyatifiyle açabilir ve kullanabilir."

Emrullah Âli Yıldız'ın otomatik paraşüt açma aleti Türkiye'de kimsenin dikkatini çekmemiş olsa da, dünya havacılık tarihinde büyük bir yenilik olan bu buluşla bir Amerikalı ilgilenir. Yıldız, on beş kez denediği buluşunun başına gelenleri Bahattin Adıgüzel'in *Gökteki Venüs* adlı kitabında anlatır: "İşte bu sıralarda karşıma yabancı bir mühendis çıktı. Keşfimle çok yakından ilgilendi. Tetkik ettirmek üzere benden hesap ve projeler istedi. Hepsini aldı gitti. Aradan tam bir sene geçtikten sonra cevap geldi. Geldi ama, artık bizim keşif, 'keşif' olmaktan, icat olmaktan, ihtira olmaktan çıkmıştı. Tabii tıpkısı değil, fakat benimkine benzer bir alet, şimdi Amerika havacılığında muvaffakiyetle tatbik ediliyor."

Vecihi Hürkuş'un havacılık tarihimizin büyük kahramanlarından biri olduğunu defalarca yazdım, tek kişilik sahne oyunumda, televizyon ve radyo programlarımda anlattım. Geniş kitleler tarafından tanınarak tarihte hak ettiği yeri almasına katkıda bulunduğum Vecihi Hürkuş ile Emrullah Âli Yıldız karşılaşmış olabilir mi?

1937 yılının 13 Mart'ında, Vecihi Hürkuş'un uçağını Sultanahmet Camii ve Ayasofya üzerinde alçaktan uçarken görürüz. Ünlü pilot uçağının arkasında bir planör çekmektedir. Ancak birden çeki teli kopan planör, yükseklik uygun olmadığı için yere doğru savrulur. İstanbulluların korku dolu bakışları altında pilot, Gülhane Parkı'nın ağaçlarından birinin üstüne planörü bir kuş gibi kondurmayı başarır. Emrullah Âli Yıldız halkın alkışları arasında ağaçtan inerken, yuvadan düşen bir yavru kuşun üstünde dolaşan anne gibi olanı biteni gören Vecihi Hürkuş, gönül rahatlığı içinde Yeşilköy'e geri döner.

Ölümünden kısa bir süre önce, 1993'de kendisiyle söyleşi yapan Hasan Erkan Karaca'ya "Biz üretilen bir hava aracını test etmek için tecrübe uçuşunu canımız pahasına yapardık da, üretime devam kararını yetkililer alamazdı" diyerek, havacılığımızın baltalanışını dile getiren Yıldız, aynı ses kaydında bir icadını daha anlatır: "Helikopter patentini de 1956'da aldım. Ancak ona da ilgi duyan olmadı. Dikey kalkış yapan Harrier'e benzer bir patent çalışmam daha olmuştu. İlgisizlik nedeniyle bunu da değerlendiremedim. Sonraki yıllarda Harrier uçağını görünce içim sızladı!.."

Dönemin Kadıköy Belediye Başkanı Selami Öztürk, önerimi büyük bir duyarlılık örneği göstererek desteklemiş ve Kızıltoprak'a Vecihi Hürkuş'un heykelini dikmiştir.

Şimdi de, Emrullah Âli Yıldız için bir önerim var. Bursa'ya bir heykeli mi dikilsin? Elbette dikilmeli. Ama önerim bu değil!

Emrullah Âli Yıldız'ın Galatasaray'da bir fotoğraf stüdyosu vardı. Stüdyonun özelliği, fotoğraf çektirmek isteyen müşterinin bir kabineye girmesi, karşısındaki aynaya bakarak istediği pozu kendisi vermesi ve kordonun ucundaki düğmeye basarak kendi fotoğrafını çekmesidir. Yıldız, günümüzde dünyanın pek çok ülkesinde kullanılan bu sistemi mucidi Fikret Kaftanoğlu'ndan alarak geliştirmiştir.

Bir insanın telefonu kendine tutarak yaptığı fotoğraf çekimine "selfie" deniyor. Türk Dil Kurumu'nun önerdiği "özçekim" sözcüğüyse pek rağbet görmüyor. Önerim şu:

Selfie sözcüğü yerine, Emrullah Âli Yıldız'ın insanların kendi fotoğraflarını çektiği sistemin adını kullanalım. Böylelikle, havacılık tarihimizin unutulan kahramanlarından biri daha çekilen her fotoğrafta anılmış olur.

Emrullah Âli Yıldız, insanın karşısına oturarak kendi fotoğrafını çektiği makineye Türkçenin zenginliğini yansıtan "görçek" adını vermiştir!

"Yıldız"ı Sönük Bir Kahraman!

Emrullah Âli Yıldız, bir kış günü Eskişehir'e bağlı İnönü'den Ankara'ya geri dönmek için Gordon model eski bir Fransız uçağıyla havalanır. O yıllarda Ankara'da et sıkıntısı çekildiğinden, uçuş öğretmeni olan arkadaşlarının siparişi olan on beş tavuk da uçaktadır.

Uçak havalandıktan kısa süre sonra kar tipisinin içinde bulur kendini. Yıldız, Mihalıççık kasabası yakınında bir dağ köyüne zorunlu iniş yapar. Makinisti Fikret Bey'i nöbetçi olarak bırakan tecrübeli pilot, kendilerine barınacak bir yer bulmak amacıyla uçağın yanından ayrılır. Geri döndüğündeyse uçağın etrafının meraklı köylülerle sarıldığını görür.

Yıldız'ın yanına yaklaşan bir köylü, köylerinde kör bir adam yaşadığını, ne zaman bir uçak sesi duysa nasıl bir şey olduğunu merak ettiğini ve onun uçağa dokunması için izin istediklerini söyler. Emrullah Âli Yıldız bu teklifi memnuniyetle kabul eder. Kör adam önce uçağın sol kanadına dokunur. Elleriyle gören adam kanadın boş olan yerlerine vurmaya başlayınca tavuk sesleri duyulur. Bunun üzerine kör adam şaşkınlıkla şunu sorar Emrullah Âli Yıldız'a: "Hemşerim siz pazardan mı geliyorsunuz?"

Ankara, Etimesgut Uçak Fabrikası'nda yapılan "Türk Malı" uçaklardan biri de "THK-5" adıyla anılandır. Bu uçak, iki motorlu, iki dümenli ve ahşap pervanelidir. Motorları THK Gazi Motor Fabrikası'nda üretilen uçak, 1944-46 yılları arasında tasarlanır. THK-5'in yapımında çalışan işçilerden biri de Şükrü Er'dir. İstanbul Teknik Üniversitesi'nde öğrenciyken, yaz tatillerinde fabrikada çalışan Er, duygularını şöyle anlatır: "Bir anne bebeğinin tüm özelliklerini nasıl unutmazsa, ben de aynı duygularla, bugün üzerinden elli dört yıl geçmiş olmasına rağmen çekiç salladığım uçağı unutmadım."

Şükrü Er, THK-5'in ilk tecrübe uçuşuna çıktığı gün de fabrikadadır: "Sene 1946'ydı. THK-5, ilk uçuşuna çıkmak üzere hangardan törenle çıkarıldı. Uçuşu izlemeye gelen çok sayıda insan vardı. Ben de o izleyiciler arasında en önlerde yer almaktaydım."

Türk mühendislerinin ve işçilerinin emeği olan, ambulans ya da nakliye uçağı olarak yapılan THK-5'in ilk uçuşunu gerçekleştirecek pilot, "Vecihi" gibi bir Yeşilçam filminde komik bir karakter olarak kullanılmadığı için adı hiç bilinmeyen, tarihin tozlu raflarında unutulan Emrullah Âli Yıldız'dır.

Cumhuriyet tarihimizin gerçek kahramanlarından olan Yıldız, uçağa binmeden önce kendisine hayranlıkla bakan fabrika çalışanlarına dönerek şunu söyler: "Birini yanıma gelin de bordo aletlerinin gösterdiği değerleri kaydedin." O an kalabalık içinden öne çıkan Şükrü Er, "Hocam, ben becerebilir miyim o işi?" diye seslenir. Yıldız, genç adamın bir yüzüne bir de iş tulumuna bakarak yanıt verir: "Neden yazamayasın? Aletlere bakacaksın, değerleri okuyup yazacaksın."

Emrullah Âli Yıldız, kalem ve kâğıt uzatır Şükrü Er'e. Genç adam, uçak pistte hızlanırken, gökyüzüne ilk kez "merhaba" diyecek olan uçağın, dünya havacılık tarihinin en dayanıklı ve en güçlü uçaklarından biri olarak anılacağını elbette bilemezdi. Şükrü Er, tarihimizin yıldızı sönen kahramanlarından biri olan Emrullah Âli Yıldız hakkındaki düşüncelerini Bahattin Adıgüzel'e anlatır: "Emrullah Âli Yıl-

Danimarkalıların "Tyrken" adını verdiği THK-5.

dız ile tanışmamız işte böyle bir olaya denk gelmiştir. Hakkında duyduğum methiyeleriyse bu tarihten sonra daha iyi anlamaya başladım. Âli Yıldız, anlatılmakla bitirilmeyecek niteliklere sahip, değerli, gözü pek, inandığı şeyin peşini asla bırakmayan, dürüst, çok yönlü bir insandı. Meslek yaşantım boyunca Vecihi Hürkuş ve Emrullah Âli Yıldız gibi insanlara çok ender rastladım."

THK-5'in altı yolcu taşıyan modeli "THK-5A" adıyla üretilir ve 1949 yılında Paris Havacılık Fuarı'na gönderilir. Çok beğenilen uçaktan Danimarka, hasta taşımakta kullanılmak üzere bir adet sipariş eder. Böylelikle, üretime başlanan THK-5 ambulans uçağı deneme uçuşu Selçuk Atlı tarafından yapılarak 11 Aralık 1951'de iki Danimarkalı pilota teslim edilir.

1910 yılında, Picardie manevralarını izlemek üzere davet edilen Ali Rıza Paşa'nın, yanında getirdiği Mustafa Kemal'i, pilotun arkasına oturup deneme uçuşundan vazgeçirdiği ve o uçağın yere çakıldığı Paris'te, bu olaydan otuz dokuz yıl sonra, Atatürk'ün kurdurduğu fabrikada yapılan bir uçak, tüm dünyanın takdirini toplayıp yurtdışına satılacaktır! Mustafa Kemal Atatürk'ü unutturmak isteyip uçak koltuğu yapmakla övünerek halkı alzheimer hastası yapanların, bu bilginin ışığından rahatsız olup kan emici Drakula'nın perdeleri sıkı sıkıya kapalı sarayına sığınacaklarından hiç şüphemiz yoktur.

Danimarka'ya "TC-THK AY" kuyruk numarasıyla satılan uçak, ambulans hizmeti veren Falcks şirketi tarafından kullanılır. Merkezi Odense kenti olan şirket adına Danimarka'nın en zor hava koşullarında, en ıssız yerlerine ulaşıp hayat kurtaran uçak, Polonya ve Hollanda gibi ülkelere uzun uçuşlar da gerçekleştirir. 1961 yılında bir başka şirkete satılan uçak, 18 Kasım'da Aalborg Havalimanı'na inişi sırasında kırım geçirerek servisdışı kalır. Uçağın gövdesi bir dönem müze bahçesinde sergilendikten sonra bir çocuk parkına konularak çocukların oyunlarına arkadaş olur.

Danimarkalılar, yapıldığı topraklarda unutulan bu uçağa "Tyrken" adını verirler. Tyrken, Dancada "Türkler" demektir!

Kağnıda Taşınan Hayaller

Malatya'da, uçak şeklindeki mezar taşının üstünde şu yazılıdır: "İzollu Paşa oğlu Nevzat, Ruhuna Fatiha, 1927-1942".

Sancaktar Mezarlığı'nda yatan Nevzat on beş yaşındadır. Mezar taşı, çocuğun babası tarafından Gaziantep'te yaptırılarak getirilir Malatya'ya. Nevzat Çetinkaya pilot olma heveslisi bir çocuktur. Evlerinin damından komşu evin damına, "Ben böyle uçacağım, pilot olacağım" diyerek atlayıp durur. Bu atlayışlardan birinde, iki ev arasındaki boşluğa düşer Nevzat. Ağrılar içinde birkaç gün evde yatar. Hastaneye götürüldüğünde apandistinin patladığı anlaşılır ama ne yazık ki çok geç kalınmıştır. Babası, hayali gerçekleşsin diye pervaneli bir uçak şeklindeki anıt mezarın içine koyar pilot oğlunu.

Malatya'da bir çocuğun Cumhuriyet'in ilk yıllarında pilot olma hayali kurmasını, 1923 Devriminin Anadolu'ya kazandırdığı aydınlanma ışığının altında değerlendirmeliyiz. Havacılık öylesine önemseniyordu ki o yıllarda, Mustafa İşlekel, Edirne'deki Selimiye Camii'nin minareleri arasına Ramazan ayında uçak resimli mahyalar asıyordu.

İşin aslını ararsanız her şey, 1922 yılında, uzaylıların görünmesiyle başlar! Nasıl mı? Nâzım Hikmet'in dizelerine dönelim:

Ayın altında kağnılar gidiyordu.
Kağnılar gidiyordu Akşehir üstünden Afyon'a doğru.
Toprak öyle bitip tükenmez,
dağlar öyle uzakta,
sanki gidenler hiçbir zaman
hiçbir menzile erişmeyecekti.
Kağnılar yürüyordu yekpare meşeden tekerlekleriyle.
Ve onlar
ayın altında dönen ilk tekerlekti.
Ayın altında öküzler
başka ve çok küçük bir dünyadan gelmişler gibi
ufacık, kısacıktılar,
ve pırıltılar vardı hasta, kırık boynuzlarında

Nâzım Hikmet, "Kuvâyi Milliye" şiirinde uzaylılara benzetmiş olsa da kağnılar, Hitit kabartmalarında karşımıza çıkacak kadar bu topraklarda eskidirler. Bağımsızlık için yola koyulan Anadolu halkı, cephaneyi ve hayallerini kağnılara koyarak işgale karşı direnenlerin yanına, cepheye taşımıştır. Önde öküz gidiyordu ve kağnıların arkasında yürüyenler hayvanın pisliğine basıyorlardı; çoğunun ayakkabısı bile yoktu ya da ayaklarındakilere ayakkabı denmezdi.

Özgürlüğüne kağnılarla ulaşan bir halk, kırk yıl sonra "Devrim" adında otomobil yapacaktır! Uygarlık tarihinde, sanayide geri kaldığı için bağımsızlık savaşında cephaneyi kağnılarla taşımak zorunda kalan ve kırk yıl sonra da fabrikasında otomobil üretecek kadar ileri bir seviyeye yükselen kaç ülke vardır? Oysa bu soru çok yanlıştır! Cumhuriyetin bilim alanında kazandırdığı ilerleme Devrim arabalarıyla ölçülemez.

Doğru soru şudur: Kağnılarla kurduğumuz Türkiye Cumhuriyeti'nde, 1950'li yıllara kadar kaç uçak üretilmiştir?

Yanıtı, Malatya'da bir çocuğun uçak şeklindeki mezar taşının üstünde yazılı olan "1927-1942" yıllarına yakın

Uçma hayalinin mezar taşı.

tarihler arasında verelim: Sadece Kayseri Uçak Fabrikası'nda 1926-1944 yılları arasında yedi ayrı tipte 212 uçak yapılmıştır! Nuri Demirağ'ın, Kayseri'de olduğu gibi yerli mühendis ve işçilerle yaptığı ilk yolcu uçağımız "Nu.D-38", 1941 yılının Ağustos ayında İstanbul'dan Demirağ'ın doğduğu Sivas'ın Divriği ilçesine uçmuştur.

Cumhuriyet'in yetiştirdiği uçak mühendislerimizden Selahattin Reşit Alan, Fransa'da eğitimini tamamladıktan sonra geri döner ve Eskişehir Tayyare Tamir Fabrikası'nda göreve başlar. Alan'ın tasarlayıp ürettiği "MMV-1" eğitim ve keşif uçağı, 1932 yılının Ekim ayında tecrübe uçuşlarını başarıyla tamamlar. Bu uçak, Cumhuriyet'in kuruluşuna taşınan hayaller için çok önemlidir. Çünkü, Selahattin Reşit Alan'ın uçağının üstünde kağnı resmi vardır!

Gökyüzünde bir kağnı: MMV-1.

Şimdi düşünelim: Uygarlık tarihinde işgale karşı direnmek için cephaneyi taşıdığı kağnıları on yıl sonra, evet sadece on yıl sonra yaptığı uçağa resmedip gökyüzünün maviliğine, bulutların beyazlığına taşımayı başaran kaç millet vardır?

Hep söylediğim gibi, hiçbir milletin tarihi sütten çıkmış ak kaşık değildir. Ancak 2000'li yıllarda kimilerinin kötülemeye, dünyanın en kirli dönemlerinden biri olarak göstermeye çalıştığı 1930'ların Türkiyesi, kağnıların ardında yürüyenlerin çocuklarının, anne ve babalarının hayallerini taşıdığı o ilkel aracı gökyüzüne çıkardığı yıllardır!

1930'lu yıllara sürekli olarak saldırma hastalığının nedeni de, bir hafıza kaybı yaratılıp alzhemier hastalığına yakalanan ülkeyi Ortadoğu'nun kum fırtınalarına çekerek, önünü göremez bir haldeyken parçalama politikalarından başka bir şey değildir. Oysa kağnıların taşıdığı, Anadolu'nun bir arada yaşama kültürüdür.

Türkiye Cumhuriyeti'nin ilk Cumhurbaşkanı Mustafa Kemal Atatürk'ün, Çankaya'daki köşkünde bulunan çalışma masasının arkasında İbrahim Çallı'nın bir tablosu asılıdır. Odaya girenler, Cumhurbaşkanı'nı, kağnı resminin önünde okuduğu kitaplardan notlar alırken görürler.

Türk Kafası

1867 yılının 1 Temmuz günü, Paris Fuarı'nı gezen Sultan Abdülaziz, yeni icat edilen makineler arasında ilgisini çekenin önünde durup hakkında uzun uzun bilgi almaktadır.

Sergideki yeniliklerden biri de, kadife kaplı bir topa atılan yumrukla arkasında harekete geçen ibre sayesinde kuvvet ölçen makinedir. Lunaparklarda kol kuvvetini göstermek isteyenlerin rağbet ettiği bu makine, Paris'teki fuarda ilk kez görücüye çıkmıştır.

Abdülaziz'in bu makine hakkında yanındakilere sorular sorduğunu gören Fransızlar'ın yüzü kireç gibi olur. Çünkü, yumruk atılan eğlence makinesinin adı "Tete Turque", yani Türk kafasıdır!

"Türk kafası"nın yumruk atılan bir makineye ad olarak konulmasına haklı olarak içerleyen Abdülaziz, Başyaveri Kayserili Halil Paşa'ya seslenir: "Halil Paşa, göreyim seni, Türk kolunun gücünü göster şunlara..."

Kayserili Halil Paşa pehlivan görünümlü, güçlü kuvvetli biridir. Mintanının düğmelerini açarken, Türk heyetinin etrafındaki kalabalık da artar. Yaradana sığınarak öyle bir yumruk atar ki Başyaver, kadife kaplı top bağlı olduğu yaydan kopar ve yerde yuvarlanır. O sırada, yumruğun gücünü gösteren ibre de fırıldak gibi dönmektedir. Sessizliği ve şaşkınlığı Halil Paşa'nın sözü bozar: "Bu Türk kafası değil. Olsa olsa Avrupa kafası olmalı ki, bir vuruşta dağıldı!"

Sultan Abdülaziz, 1876 yılının Mayıs ayında tahttan indirildiğinde ardında yirmi beş zırhlı, yüzden fazla ahşap gemiden ve modern bir tersaneden oluşan dünyanın ikinci büyük donanmasını bırakır. Avrupa seyahatinde yanında götürdüğü Şehzade Abdülhamit, Abdülaziz'in ardından padişah olur. II. Abdülhamit, Abdülaziz'in tahttan indirilmesinde rol oynadığı gerekçesiyle donanmaya sırt çevirir. Her ne kadar Kayserili Halil Paşa bir yumrukta dağıtsa da, Abdülaziz, gelecekte ülkesinin kaba kuvvetle değil, ancak makineleşmeye önem verildiğinde var olabileceğini görmüştür. Oysa Abdülhamit, güçlü bir donanmanın makinelerini ve tersanesini paslanmaya, gemilerini çürümeye terk eder.

İşte bu hurdalaşma süreci içinde, Japonlar tarihte ilk kez ülkemize gelir. Japon İmparatoru Meiji'nin gönderdiği heyetin İstanbul'da çektirdiği bir fotoğrafta, sol köşede Şeker Ahmet Paşa da görülür. Şeker Ahmet Paşa, tarihimizde ilk resim sergisini açan ressamdır.

Japonların ziyaretine karşılık olarak biz de Japonya'ya gitmeye karar veririz. Tarihte okyanus ötesine sefer için görevlendirilen ilk gemi olan Ertuğrul (Kemal ve Murat Reis gibi korsanların yolculuklarını ayrı tutarsak) sarayın armağanlarını zorlu bir seyahatin ardından Japonya'ya ulaştırır ama geri dönüş yolunda yakalandığı fırtınadan kurtulamayarak batar.

On bir yıl Haliç'te bir dubaya bağlı olduğu için makineleri paslanan, tahtaları çürüyen, dibi midye tutan Ertuğrul'un Kaptanı Ali Bey de, beş yüzü aşkın denizciyle birlikte ölenler arasındadır. Ali Bey'in dul eşi Ayşe Hanım, kocasının Japonya seferi sırasında uğradığı limanlardan aksatmadan gönderdiği aşk mektuplarını sık sık açar ve gözyaşları içinde okur. Yolculukta karşılaşılan zorlukların da yazılı olduğu mektuplarda Kaptan Ali Bey, Ertuğrul'u "Türk Kafası" gibi lunaparkların bir başka eğlence makinesi olan

Soldan birinci, ressam Şeker Ahmet Paşa.

dönme dolapla karşılaştırır: "Fırtınalı havalarda iki denizin arası adeta güzel ve limanlık bir hava gibi oluyor. Amma o çukura inme bir de tepeye çıkma, bayram dolabına falan benzemiyor."

Ayşe Hanım'ı, Yunan ordusunun 15 Mayıs 1919'da İzmir'i işgal etmesini protesto amacıyla düzenlenen ünlü Sultanahmet Mitingi'nde görürüz. Üzüm küfelerinin üstüne çıkan kadının gözü kürsüdedir. Çünkü birazdan, kızı Neyire'nin oğlu konuşma yapacaktır. Kaptan Ali Bey ve Ayşe Hanım'ın kızları Neyire'nin oğlu, Hasan Âli Yücel'dir!

Can Yücel ile Kuzguncuk'taki evinde yaptığımız sohbetlerin kahramanlarından biri de Kaptan Ali Bey'di. Bir gün Can Yücel, Ertuğrul'dan kurtulan altmış dokuz denizciden birinin İstanbul'a döndükten sonra yaşadığı trajik olayı anlatmıştı. Kendisinden bizzat dinlediğim bu olayın şiirini yazmasını haddim olmayarak istedim. Ertuğrul'u yutan dalgalar gibi güçlü dizelerin sahibi Can Yücel'in *Alavara* kitabında yer alan "Bu Rüzgâra Bir Rüzgâr da Benden" şiirini her okuyuşumda o sohbetimiz gelir aklıma:

Üç direkli bir firkateyndir gemimiz
Uğur ola Caponyadır yolumuz
Ertuğrul süvarisiyim gayri ben
Dedem Ali Bey,
Kayalara tosluyoruz Capon açıklarında
Bağırıyorum emir erim Memed'e
Atla sen, ben gemimle batacağım,
Memed ki yine benim kendi nefsim
Atlıyorum o tayfunda
Kayalara çarpıp göğsümü
Kurtuluyorum,
Ben ki o emirber Memed
İstanbul'a varıp
Beyazıt Meydanı'nda siftah
Bir kan davasında bok yoluna
Vurulup ölüyorum...

Can Yücel'in anlattığı olay, kurtulanlardan biri olan Kaptan Ali Bey'in emir erinin İstanbul'a gelir gelmez Beyazıt Meydanı'nda karşısına çıkan kan davalısı tarafından öldürülüşüydü. Ama hocam, şiirine almadığı şu olayla tamamlamıştı sohbetini: "Sunay, işin garibi adamın kan davalısı yoktu. Katil onu benzetmiş!"

Ertuğrul'un denizde boğulan Kaptanı Ali Bey'in kızı Neyire..

Neyire'nin oğlu Hasan Âli Yücel.

Hasan Âli Yücel'in oğlu Can Yücel.

Can Yücel de bir kızına Su adını koyar.

Su, Japon heyetini karşılayanların arasında yer alan Şeker Ahmet Paşa gibi çok değerli bir ressam olur.

Su, "Ali" adını verir oğluna..

Kaptan Ali Bey suda boğulur ama yıllar sonra Su'dan dünyaya gelir!

New York'un Göçmen Semtinden, İstanbul'un Gecekondu Mahallesine

Bir Osmanlı padişahının yanına ordu yerine bavulunu alarak imparatorluk sınırları dışına çıktığı yıl 1867'dir. Sultan Abdülaziz'in onur konuğu olarak davet edildiği II. Paris Evrensel Sergisi'ne katılması, Osmanlı devletinin meclis ve reformlar konusunda çağdaşlaşma yolunda attığı adımlardaki kararlılığının göstergesidir. Abdülaziz'in Fransız İmparatoru III. Napolyon ile birlikte sergide ödül kazananların ödüllerini verdiği fuarda takma bacak, güçlendirilmiş beton, hidrolik asansör ve sallanan sandalye gibi yenilikler ilk kez tanıtılır.

Bu seyahatten yirmi iki yıl sonra, 1889 yılında yine Paris'te düzenlenen "Evrensel Sergi"de Osmanlı Devleti'ni göremeyiz. Davet mi edilmemiştir? Hayır. Bizzat protesto amaçlı gidilmemiştir. Bunun da nedeni, 1889 fuarının Fransız Devrimi'nin 100. yıldönümü anısına düzenlenmiş olmasıdır. Dönemin padişahı II. Abdülhamit'in "eşitlik, kardeşlik, özgürlük" rüzgârını pencere açıp selamlaması beklenemez elbette. Bu yüzden Osmanlı devleti fuara protesto amaçlı katılmayan ülkeler arasında yer alır.

Eyfel Kulesi'nin açılışının gerçekleştiği 1889 Paris Evrensel Sergisi'ne bireysel olarak katılan iki Türk ressam vardır. Eserlerini Güzel Sanatlar Pavyonu'nda sergileyen ressamlardan biri Halil Paşa'dır. İkinci ressamsa *Kaplumbağa Terbiye-*

cisi adlı tablosunda çağa ayak uyduramayan, aydınlanmaya karşı çıkan, çağın yeniliklerini kavramakta kaplumbağa ağırlığında olan bağnaz kafaları eleştiren Osman Hamdi Bey'den başkası değildir.

Osman Hamdi Bey'in sarayın protestosuna aldırmadan katıldığı 1889 Paris Fuarı'nda sergilenen yenilikler arasında en çok dikkat çeken, Edison'un icatlarıdır. Osman Hamdi Bey gibi ülkesine bir bellek oluşturmayı düşünerek müzeciliğe, yani bilgi mabedine sevdalı bir sanatçının Edison'un buluşlarının sergilendiği yeri ziyaret etmiş olduğunu düşünmek yanlış olmayacaktır. Asıl merak ettiğim, Osman Hamdi Bey'in Richard F. Outcault ile tanışıp tanışmadığıdır!?

Outcault, dünyanın seyrini değiştiren ama ne yazık ki ülkemizde pek tanınmayan sanatçılardan biridir. Edison'un yakın arkadaşı olan Outcault, 1889 Paris Evrensel Sergisi'ne ünlü bilimcinin ekibindeki çizer olarak katılır. Fuar alanının her köşesini resimleyen Outcault, ülkesi Amerika'ya döndüğünde *Truth* dergisi için yaptığı karikatürlerin birinde bir grup göçmen çocuk çizer. Karikatürde New York'un varoşlarında yaşayan göçmen çocukların birinin kepçe kulaklı ve kel olduğu görülür. Bitlerden korunmak için kafası kazınan çocuk kısa zamanda öne çıkacak ve çizgi roman sanatının öncüsü olacaktır.

Pulitzer'in gazetesi *The New York World*'de yayınlanan çocuk kahramanın çizgi romanı basın tarihinde sarı rengin ilk kez kullanıldığı yer olur. Bu yüzden de kepçe kulaklı çocuğun 1894 yılındaki ilk çiziminde mavi olan elbisesinin bir yıl sonra sarıya dönüşmesiyle adına da "Yellow Kid" denir.

Hogan's Alley, New York'ta göçmenlerin yaşadığı bir semttir. Ve burada hayat son derece zordur. Richard Outcault'un çizgi roman sanatının ilk kahramanı olan Yellow Kid'in serüvenleri İrlandalıların yaşadığı Hogan's Alley'de geçer. Outcault, bin bir umutla Ame-

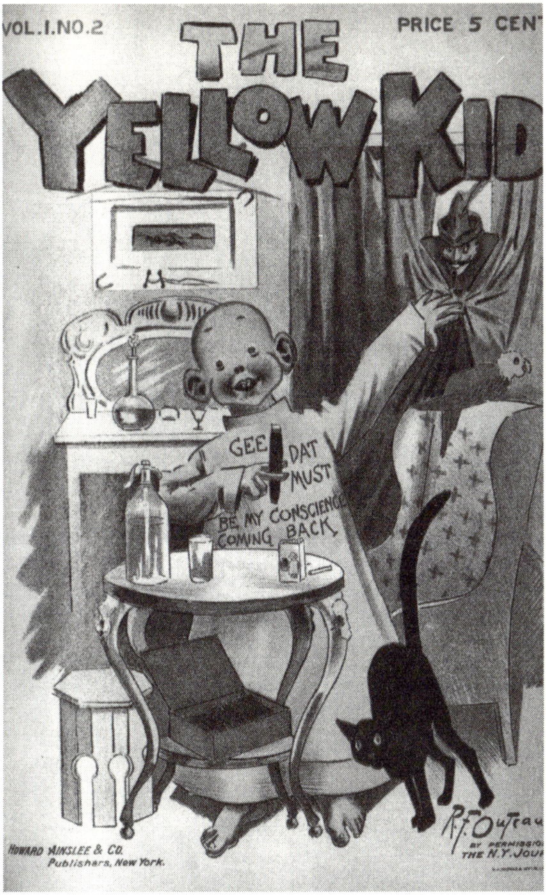

rika'ya gelen göçmenlerin acımasızca, suçların işlendiği, sistemin kirli işlerini yapmaya yönlendirildikleri bu yerde nasıl sömürüldüklerini, ezildiklerini Yellow Kid'in ağzından anlatır. Gündelik olaylara politik hicivler katan Outcault emeğin sömürülmesi, kadın hakları ve Küba'nın özgürlüğü gibi konuları cesaretle işler. Yellow Kid'in serüvenlerinde Afrika kökenli karatenli insanların dramı dile getirilmez ne yazık ki. Bu eksiklik, Yellow Kid'in ırkçı olduğu anlamına gelmez. Outcault'un yaşadığı dönemin karatenli insanlara klasik bakışını aşamadığı çizimlerinin birinde kepçe kulaklı

Avanak Avni'nin hayali.

Yellow Kid, bir Afrika kökenli çocukla kavga eder ve keçisi rakibini yere düşürür. Yellow Kid, serüvenlerinde dünya turuna çıkan ilk çizgi roman kahramanıdır. Londra, Paris, Madrid, Venedik'te görülen Yellow Kid, Mısır'a da gider ama İstanbul'a adım atmaz. Çizgi roman tarihinde konuşma balonunun ilk kullanıldığı kahraman da yine Yellow Kid'dir.

Çizgi roman sanatının öncüsü Yellow Kid'le, ülkemizdeki bir hayal kahramanı arasında bağlantı kurmak için Amerika'dan İstanbul'a gelmek üzere yola çıkan bir denizaltıya binelim. Seçtiğimiz aracın denizaltı olmasının nedeni, sadece kuracağımız bağlantının çok derinlerde olması ve denizaltıları çok sevmemiz değildir. İyi de nedir? Bu sorunun yanıtını vermek üzere periskopu gün ışığına çıkarmadan önce İstanbul'un bir gecekondu mahallesine gidiyoruz.

Kahramanımız, Yellow Kid gibi kel kafalı ve kepçe kulaklıdır. Elbisesi de sarı renktedir. New York'ta ezilen insanların yaşadığı mahalle hayatını öğrenmek için *Yellow Kid*'i okumanın yeterli olması gibi, İstanbul'da dar gelirli, kıt kanaat geçinen sade vatandaşların yaşadığı kenar mahalle kültürünü öğrenmek için de söz konusu kahramanın serüvenlerine bakmak yeterli olur. Yellow Kid'in, çizgi roman tarihimizdeki kardeşi olan bu kahraman, Avanak Avni'dir.

Karikatür sanatımızın ustalarından Oğuz Aral'ın çizdiği Avanak Avni, Richard Outcault'un dünyaya kazandırdığı ilk çizgi roman kahramanı Yellow Kid'in asla bir takliti değil,

Hızır Reis Denizaltısı'nın maskotu.

olsa olsa esinlenmesidir. Avanak Avni'nin serüvenleri, çizildiği topraklara aittir ve o denli turfandadır. Her biri "efsane" denilecek kadar özgün olan Avanak Avni'nin serüvenleri, yüz yıllar geçse de özgünlüğünden hiçbir şey yitirmeyecek ve yaşayacaktır. Şu da var ki, Avanak Avni karakterini Oğuz Aral'ın yanında çalışan bir çocuktan esinlendiğini düşünmek, bu büyük sanatçımızın entelektüel birikimine saygısızlık olacaktır.

Avanak Avni'nin serüvenlerinde yer alan bir çizgi roman kahramanı var mıdır? Avni'nin hayalinde kendini Süperman sanıp en büyük rakibi Dilaver'i tekmelediği serüvenin dışında başka bir karakter var mı, bilmiyorum. Varsa bunu bulmayı araştırmacılık adına göllerde ve iç denizlerde yüzenlere bırakalım ve biz okyanusa dönelim.

Denizaltıcılar mizah yeteneği güçlü insanlardır. Bu yüzden pek çok denizaltıya maskot olarak çizimler yapmışlar ve sefer sırasında denizaltıda el yapımı karikatür dergisi de çıkarmışlardır. Uluç Ali Reis denizaltısının telsizi başında yıllarca görev yapan Ercüment Vitrinel'in çizdiği ve sefer sırasında elden ele dolaşarak okunan *Periskop* adlı tek nüshalık karikatür dergisinin bir örneğini Beşiktaş'taki Deniz Müzesi'nde göremeyişinizin nedeni, müzeciliğin değerini algılayamayıp savaş, kahramanlık ve batış olayları arasında insan öykülerine bir can simiti atarak hayata kazandırmayı henüz öğrenememememizdir!

Richard Outcault'un Yellow Kid'i çizdiği Amerika'dan yola çıkıp Oğuz Aral'ın Avanak Avni'sinin kenti İstanbul'a doğru yol alan bir denizaltıdayız. Denizaltıyı Amerika'dan teslim alan denizcilerimiz ilk seferlerini yapmaktadır. Atlas Okyanusu'ndaki Hızır Reis Denizaltısı'nda ne mi işimiz var? Ay yıldızlı bayrak altında ilk seferini yapan Hızır Reis'e denizaltıcılarımız maskot olarak Avanak Avni'yi seçmişlerdir!

Snoopy'deki Tanıdık Şair

Ünlü gazeteci Pulitzer'in, 1894 yılına ait *The New York World*'un pazar ekinde ilk çizgi roman karakteri Yellow Kid'i yayınlamasından sonra, hayal dünyasının kahramanları kendilerini gösterecek yeni bir sahne bulurlar: Gazetelerin pazar ekleri.

Gazetelerin çizgi roman yayınlamaya başlamasıyla en çok satıldıkları gün pazar, olur. Okurlar abonesi oldukları gazetenin dışında, çizgi romanları okumak için pazar günleri iki, üç hatta dört gazete satın almaya başlar. Bu tiryakilerden biri de, Minnesota'nın St. Paul kentinde bir berber olan Carl Schulz'dur.

Her pazar, çizgi romanları takip etmek için dört gazete alan Schulz'un karısı Dena, 26 Kasım 1922'de bir çocuk dünyaya getirir. Sadece babası değil, bebeğin dayısı da bir çizgi roman sevdalısıdır. Öyle ki, Carl Schulz oğluna Charles adını koysa da, dayısı ona "Sparky" diye seslenecektir. Charles, hayat boyu taşıyacağı bu lakabı bir çizgi roman kahramanından almıştır. Sparky, o yıllarda Amerika'da yayınlanan Barney Google adlı çizgi roman kahramanının atının adıdır. Lakabını bir çizgi roman kahramanından alan çocuğun büyüdüğünde bu sanatın en büyük ustalarından biri olacağını ve dünyada en çok okunan çizgi roman kahramanını yaratacağını kim bilebilirdi?

Aslında, Charles Schulz'u çok erken yaşta keşfeden biri vardır! Bir derste çizdiği resimleri gören anaokul öğretmeni tüm öğrencilerin içinde şunu söyler: "Bir gün bir sanatçı olacaksın Charles." Yeteneği ailesi tarafından da desteklenen Charles, Minneapolis'teki Draw Me (Çiz Beni) adlı çizerlik kursuna gönderilir. Öylesine çekingen bir yapıdadır ki, ödevlerini elden teslim etmek yerine, öğretmenlerinin adresine postayla gönderir.

Charles Schulz, 1950 yılında "L'il Folks" (Küçük Ahbaplar) adını verdiği bir çizgi roman hazırlar. Amerika'daki pek çok yayıncıya başvuran Schulz, beklediği yanıtı United Feature Syndicate'in editörü Jim Freeman'dan alır. Ne var ki, eserine koyduğu "L'il Folks" adı o yıllarda yayınlanan *Little Foks* ve *L'il Abner* adlı çizgi romanlara benzediğinden *Peanuts* olarak değiştirilir. Bu ad hayatı boyunca Schulz'un içine hiç sinmeyecektir. Çünkü "Peanuts" "fıstıklar" demek olduğu gibi "pes etmek" anlamına da gelmektedir.

Peanuts'ın başkarakteri Charlie Brown adlı çocuk, adını yaratıcısı Schulz'un bir arkadaşından alır. Charlie Brown kızıl saçlı bir kız düşler. Ama Schulz onu hiç çizmez. Kızıl saçlı kızın, zamanında çizerin kalbini kıran bir sevgili olduğu fısıltı gazetesinde kulaktan kulağa yayılır.

Peanuts'ın dört kareden oluşan haftalık serüvenlerindeki çocuk kahramanlarının yanında bir de köpek vardır. İşte "Snoopy" adlı bu köpek, zaman içinde onca çizgi roman karakteri arasından sıyrılarak, dünyanın en çok takip ettiği kahramana dönüşür. Zekice yanıtlar veren, güldürürken düşündüren bir köpektir Snoopy. İçinde Van Gogh'un bir tablosunun asıldığı kulübesinin üstünde uyuyan, sürekli olarak düşünen ve araştıran Snoopy'yi, çizeri Schulz şöyle konuşturur: "Bazıları insan doğar, bazıları da köpek. Ben şanslı kesimdenim."

1976 yılına gelindiğinde Snoopy, Blondie'nin (Fatoş'un) elinden "dünyanın en popüler çizgi romanı" ödülünü alır.

Can Yücel'in çevirisiyle Snoopy.

Snoopy'nin şöhreti tüm dünyada yayılsa da, Schulz yarattığı kahramanın kölesine dönüşür. Çünkü, her gün sabah yedide kalkarak beş haftalık dergiye ve bir gazetenin pazar ekine "Peanuts" çizmektedir. Başını çizim masasından kaldıramayan Schulz bu durumundan hayli dertlidir: "Çizgi diziler gazetelerin satışını artırmak için yapılır. Ve benim tek felsefem çizgilerimi gazeteye zamanında yetiştirmek oldu."

Umberto Eco, İtalyancaya çevirdiği Snoopy'nin maceralarını "20. yüzyıl insan yaşamının şiiri" olarak tanımlar. Peanuts'ın iki çocuk kahramanı arasında, bir kardan adamın, elindeki kitabı okurken görüldüğü dört karelik serüveninde şu konuşma geçer:

— Senin kardan adam, okumayı pek seviyor galiba?

— Evet, şiire meraklı.

— İlhan Berk mi okuyor?

— Affetmişin sen onu!

Charles Schulz, nasıl oldu da bir Türk şaire çiziminde yer verdi? Ünlü çizer, İlhan Berk'i nereden tanıyordu? Elbette, bu soruların yanıtını Schulz'un hayatında aramak yerine, İlhan Berk'in adının geçtiği Snoopy'nin *Kar Kokusu* adlı kitabını 1991 yılında Türkçeye çevirenin kim olduğuna bakmak gerekir. Çevirmenin adı "Can Yücel"dir!

Yalan ya da gerçek, İlhan Berk'in kapıları çalıp, "Ünlü şair İlhan Berk burada mı oturuyor?" diye sorduğu, esprili bir dille şairler arasında anlatılır. Can Yücel belki de bu anlatıya gönderme olarak yarı şaka, yarı ciddi, İlhan Berk'i Snoopy'nin bir macerasına konuk etmiştir!?

Bak, Gökyüzüne Bak!

Temel Reis, çizgi roman dünyasından doğan hayal kahramanları arasında bir öncüdür. Onun öncülüğü, süper güçlere sahip ilk kahraman oluşudur. Belki biraz garip gelecek ama, Süperman'in habercisi Temel Reis'tir!

Neden mi? Çünkü Temel Reis evleri ayağa kaldırır, gorilleri yener, mermilere göğüs gerer, uçaktan atlasa da, kılına bile zarar gelmeden sağ salim iner yere!

Temel Reis, Amerika'da "Büyük Buhran" olarak bilinen 1929 yılındaki ekonomik krizde doğar. İnsanların karamsarlık içinde olduğu, gelecek hakkında kötü yorumların yapıldığı bu dönemde sinema pahalıdır ve radyo da halkın yüzde onuna ulaşmaktadır. Kırsal kesimlerde ücretsiz olarak dağıtılan gazeteler, reklam gelirleriyle ayakta kalmaya çalışmaktadır. İnsanlar, tek eğlence kaynağı olarak gazetelerin pazar eklerinde yayınlanan çizgi romanları takip etmektedir. Ülkenin üstünde gezinen kara bulutların dağılmasında, işte bu eklerde boy gösteren Temel Reis'in de hatırı sayılır bir payı vardır. Segar'ın yarattığı bu ilk süper kahraman iyi kalplidir, dürüsttür, asla pes etmemektedir ve en önemlisi de kötülüğün karşısında her zaman bir çözüm olduğunun simgesidir.

Temel Reis'in yıldızının parladığı 1932 yılında, bir giyim mağazasına giren soyguncular, kasadaki paraları verme-

Süperman'in doğuşu.

mekte direnen adamı öldürürler. Mağaza sahibinin on sekiz yaşındaki oğlu, kalbinin bir köşesinde sürekli olarak kanayan bu olaydan sonra kurşunun işlemediği, kötülerle mücadele eden bir kahramanın öyküsünü yazar. Serüvenlerini Jerry Siegel'in yazdığı, okurlarla 1938 yılının Haziran ayında buluşan Süperman'in oluşum sürecinin derinlerinde, bir çocuğun babasına duyduğu özlem vardır.

Süperman'in çizeri Joe Schuster ve hikâyelerini yazan Jerry Siegel, 1933'de, dünyayı işgal edecek bir uzaylının çizgi romanını hazırlamışlardır. Bu çizgi roman, Süperman'in koza dönemidir. Kel kafalı bu garip uzaylı ilgi görmeyince, zaman içerisinde, dünyaya düşen ve kötülere karşı iyilerin yanında yer alan Süperman'e dönüşecektir. Gazeteci Clark Kent'in kimliğinin ardına gizlenen Süperman, bu özelliğiyle Zorro'yu andırır. İlk serüvenlerinde güçlü ve hızlıdır. Bu döneme de Süperman'in kozadan çıkmış tırtıl hali dersek, yanılmış olmayız; çünkü Süperman ilk hikâyelerinde uçamamaktadır!

Süperman'in uçma özelliği, Dünya'nın yerçekiminin, geldiği gezegen Kripton'dan daha az olmasına bağlanır. Hal böyle olunca da, kozadan çıkan tırtıl, kelebek hafifliğiyle uçmaya başlar. Ve çizgi roman tarihinin şu ünlü repliği doğar:

— Bak, gökyüzüne bak!

— Bu bir kuş.

— Bu bir uçak.

— Bu Süperman!

İlerleyen zaman içinde de süper güçlerin adresi Güneş olarak gösterilir. Okurların tanık olduğu ilk doğaüstü olaylar, Süperman'in bir arabayı ve içerde birinin olup olmadığını anlamak için bir evin çatısını havaya kaldırmasıdır. Atılan top mermilerine göğüs geren Süperman, savaş sonrasında atom bombasından bile etkilenmeyen bir kahramana dönüşür. Süperman'in güçlerini ortadan kaldıran Kripton taşı da İkinci Dünya Savaşı'ndan sonra hikâyeye girer. Kripton taşı önce kırmızıyken, sonradan yeşile dönüşür.

Savaş sonrasında Süperman'in başına gelen felaket sadece Kripton taşı olsa iyi. 1950'lerde, Clark Kent, sevgilisi Lois Lane ile evlenir. Okurların tepkisi üzerine bir serüvende nikahın rüya olduğu çizilir ve Süperman'in yuvası yıkılır! Evlilik serüveninde bir gece Lois Lane uykudayken Süperman'in saçını kesmek ister ve makas kırılır. Lane, o gece, evlendiği insanın Süperman olduğunu anlar. Ne gariptir ki, ilk çizildiğinde kel olan Süperman, yıllar sonra kimliğini saçından ele verecektir!

İlk serüvenlerinde Süperman, adaleti kendi sağladığı için polis tarafından aranır. Amerika Birleşik Devletleri'nin ulusal simgesi haline dönüştükçe, polisle birlikte çalışmaya başlar. Süperman'in ilk elbisesinde göğsündeki "S" harfi üçgen içindeyken, kanun kaçağı kimliği ortadan kalktıktan sonra polis kokartındaki çerçeveye konur.

Ne zaman sarı renkli bir telefon kulübesi görse, annesinin elini bırakıp koşan bir çocuktum. Diyebilirim ki, çocukluğumda karşıma çıkıp da içine girmediğim bir telefon

Lois Lane'in Süperman'in kimliğini öğrendiği an.

kulübesi yoktur. Dışarıya çıkar çıkmaz yumruk yaptığım bir elimi yukarıya doğru uzatır ve olanca gücümle sıçrardım. Kuşların oyununa katılamadığımı görünce üzülürdüm ama Süperman'e uçma gücünü veren sihirli telefon kulübesini bulma umudunu bir sonraki köşe başına taşırdım.

Marifetin Süperman'de değil, telefon kulübesinde olduğunu sanırdım! Dört tarafı kapalı sarı telefon kulübeleri kalmadı artık günümüzde. Oysa onlar, soyunma kabinleridir Süperman'in!

Askıdaki Pelerin

Kripton gezegeninden fırlatılan bir roketin içinde dünyaya düşen Süperman'i, çiftçilikle uğraşan Kent ailesi bulur. Martha ve Jonathan Kent, yaşlı bir çifttir ve çocukları olmamıştır. Uzaydan gelen bebeği kendi çocukları gibi büyütürler. Süperman'in elbisesini elleriyle diken de işte bu yaşlı kadın, Martha Kent olur!

1800'lü yılların sonları, insanların eğlenmek amacıyla koştuğu sirklerin altın çağıdır. Tribünlerde oturan seyirciler, çadırın ortasını kaplayan çember şeklindeki sahnede gösteri yapan hayvanları, akrobatları, sihirbazları ve palyaçoları çılgınca alkışlar ve programın sonunda herkesin merakla beklediği, nefesleri kesen bir gösteri vardır.

Beklenen, uçan insanlardır. Sahneye çıktıklarında pelerinlerine sarınmışlardır. Pelerinlerini çıkardıklarında tayt şeklindeki kıyafetleri atletik bedenlerini gözler önüne serer. Onlar ki uçan insanlar, trapezcilerdir!

Süperman ve diğer pek çok hayal kahramanının kıyafetinin ilham kaynağı, sirklerde gösteri yapan akrobatlar, özellikle de havada taklalar atan trapezcilerdir. Yaşlı bir kadın olan Martha'nın, Süperman'e diktiği kıyafet sirk kültürünün modasıdır. Yenilmez olan Zorro, Mandrake, Batman ve Süperman gibi kahramanların ortak yönü pelerinleridir.

Gücün simgesi olan pelerin Avrupa'da saray ve çevresindeki aristokrat insanların kıyafetidir ve de II. Mahmut, Abdülmecit, Abdülaziz gibi yenilikçi Osmanlı padişahları tarafından da kullanılmıştır.

Drakula'nın da pelerini vardır ve bu hayal kahramanı pelerinini askıya asmaz. Çünkü onunla birlikte tabutta yatar!

Süperman'in doğaüstü güçlere sahip olmasının nedenini, hikâyeleri yazan Jerry Siegel ve serüvenleri çizen Joe Schuster'ın zayıf ve çelimsiz yapılarından dolayı yaşıtlarıyla kolay arkadaşlık kuramayışlarına bağlayanlar da vardır. Ancak Süperman'in sahip olduğu güçler, çizildiği 1900'lü yıllardan çok öncesinde, mitolojide de çıkar karşımıza.

Eduardo Galeano, Süperman'i akıllara gelen ilk mitolojik kahramana benzetir: "Çağımızın Herkül'ü olan bu kişi tüm evrendeki özel mülklerin koruyucusudur. Metropolis denilen bir yerden, ışıktan daha hızlı ve zaman sınırlarını da aşarak başka çağlara, başka galaksilere gidip geliyor. Dünyamızda ya da başka gezegenlerde, nereye giderse gitsin, Superman düzen ve asayişin sorunlarını deniz piyadelerinin tümünden daha çabuk ve daha kesin çözümlüyor."

Herkül, Tanrılar Tanrısı Zeus ile Alkmene'nin oğludur ve sadece mitolojide değil, tarihte ölümlü olarak doğan tüm efsane kahramanların en güçlüsüdür. Tanrıların bile çekindiği Herkül, dostlarına bağlı ve yardımseverdir. Zalim yöneticileri cezalandıran, iyilerin yanında olan kahramanımız kendisine verilen görevleri sadakatle yerine getirir. Yunan mitolojisinin en güçlü kahramanı Herkül'ün, Doğu mitolojisinin de etkisiyle ortaya çıktığını rahatlıkla söyleyebiliriz. Herkül'den önce süper güçlere sahip, Eski Ahit'te Samson ve Sümer destanında Gılgameş vardır.

Tanrılar Tanrısı Zeus'un Antiope'den ikiz çocukları dünyaya gelir: Amphion ve Zethos. Zethos öylesine güçlüdür ki, kentin surlarını örmek için koca kayaları elleriyle taşıyarak üst üste koyar. Amphion ise bunu sihirli liriyle yapar.

Joe Shuster'ın çizimiyle ilk pelerinli Süperman.

Deniz Tanrısı Posedion'un Europe'dan doğan oğlu Euphemos su üstünde yürüme yeteneğine sahiptir. Euphemos, o kadar hızlıdır ki su üstünde koşarken ayakları ıslanmaz! Posedion, Kainis ile de birlikte olur. Bu beraberliğin karşısında Kainis'i kendi isteğiyle erkeğe dönüştürmekle kalmaz, ona bir de silahlarla yaralanmama gücü verir.

Mitolojideki kahramanların özelliklerini arka arkaya okuyunca Süperman ve diğer doğaüstü güce sahip olan karakterlerin, yüzyıllar önce de yaşadığı bilgisine ulaşırız. Unutmadan, bir de Lynkeus var mitolojide. Süperman gibi bakışlarıyla ağaçları ve kayaları delip geçen, Aphareus'un oğlu Lynkeus!

İkinci Dünya Savaşı kapıya dayandığında, Süperman'in yayıncısı DC Comics'in bürosunda hararetli bir tartışma başlar. İnsanların orduya çağrıldığı bir dönemde gazeteci Clark Kent'in serüvenlerini savaş yokmuş gibi çizmek büyük tepki toplayacaktır. Öte yandan, Süperman gibi güçleri olan bir kahraman savaşa katılırsa bir iki günde Amerika'nın kazanması gerekir! Böyle bir şey olamayacağına göre bir çözüm yolu aranır. Bulunur da!

Orduya katılmak için sağlık kontrolüne giren Clark Kent'in, göz muayenesinden geçmesi gerekir. Göz doktorunun duvara asılı panoda gösterdiği harfleri okuyamayan Clark Kent, göz bozukluğu gerekçesiyle çürüğe çıkarılır. Böylelikle Süperman'i savaşa göndermemenin yolu bulunur.

Oysa Clark Kent, panodaki harfleri doğru okumuştur. Neden çürüğe çıkarıldığına bir anlam veremez. Çizerin hilesi şudur: Süperman, mitolojideki Lynkeus gibi duvarın arkasını görebilme özelliğinden dolayı arka odada asılı panodaki harfleri okumuştur!

Mitolojideki kahramanlar ile kapitalist ABD'nin süper kahramanı arasındaki fark da işte budur: Biri gücünü korkusuzca savaşlarda kullanırken, ötekinde çizerler bu özelliği "asker kaçağı" olmak için değerlendirir!

Süperman Yoldaş!

Rus edebiyatının iki dev kalemi Lev Tolstoy ve Ivan Turgenyev'in akrabası olan Aleksey Nikolayeviç Tolstoy, İtalyan Carlo Collodi'nin ünlü kitabı *Pinokyo*'yu çocuk yaşlarında okur. Kitabı kaybeden Tolstoy, yıllar sonra kendi çocuklarına aklında kaldığı kadarıyla Pinokyo'nun öyküsünü anlatır. Çocukların anlatımından çok etkilendiğini görünce de, insan olmak isteyen kuklanın öyküsünü kendi diliyle kaleme alır ve bu kitap 1936'da yayınlanır. Yazar, kahramanın İtalyan kökenli olduğunu vurgulamak için adını İtalyancada anlamı tahta bebek ve kukla olan "Buratino" koyar.

Pinokyo'nun Buratino'ya dönüşmesi gibi Noel Baba da Rusya'da farklı bir adla anılır. Uzak ve soğuk bir yerden gelen "Ded Moroz", Rusya'nın Noel Baba'sıdır ve anlamı da Buz Dede'dir. Ded Moroz yalnız değildir, yanında torunu olan "Snegurochka" ile birlikte hediyeler getirir. Torununun adı da "kardan yapılmış" anlamındadır.

1917 Devriminden sonra Rusya'da, Noel Bayramı gibi dinsel anlamlar taşıyan kutlamalar gözden düşer. Yasaklamalar 1935 yılına kadar sürer. Bu tarihten sonra Sovyetler Birliği Buz Dede ve çam ağacı süslemelerine itibarını geri verir. Bir şartla, kutlamalar Noel gecesi değil, yılbaşında yapılacaktır.

Rus uzay gemilerini seyreden kahramanların kartpostalı.

Dinsel simgelerden arındırılan yılbaşı ağacına asılan süsler de değişim gösterir. Çam ağacının dallarına bağlanan haç, kar tanesi, ekmek somunu minyatürleri yerini orak, çekiç, kızıl yıldız, madenci ve traktör şeklindeki figürlere bırakır.

1950'li yıllarda, Sovyetler Birliği ve Amerika Birleşik Devletleri arasındaki soğuk savaş, uzaya da sıçrar. Birbirlerine üstünlük kurmak isteyen iki devlet, uzayda ilkleri gerçekleştirme konusunda büyük bir yarışa girer. Bu dönemde, Rusya'daki yılbaşı ağacının süsleri gezegenler, uzay araçları ve kozmonotlardan oluşur. Bu masalsı simgeler Rusya'da o dönem basılan kartpostallarda da kendini gösterir. Amerika'daki güç gösterisinin aksine Rusya'daki kartpostallarda, uzay aracının ardından bakan Uçan Baron, Pegasus, uçan halı üstündeki Alaattin ve geyiklerinin çektiği kızağıyla gökyüzünde uçan Noel Baba gibi kahramanlar, insanlığın bu büyük hayalinin gerçekleşmesini hayranlıkla izlerken görülür.

Amerika ve Rusya arasındaki savaş ülkemizde sadece siyasi alanda değil, yemek sofrasında da etkili olur. Rusya'da yılbaşı sofrasının vazgeçilmezlerinden biri de Fransız Salatası'dır. Bu salatanın kökeni Napoleon Bonaparte'ın kara kışa saplandığı ünlü Rusya seferine dayanır. Napeloen, Rusya'da mahsur kaldığı dönemde aşçılardan ellerinde kalan malzemelerle bir yemek yapmasını isteyince ortaya söz konusu salata çıkar. Bu yiyecek ülkemize kuzeyden geldiği için önce "Rus Salatası" olarak tanınsa da, adı zaman içinde "Amerikan Salatası"na dönüşür.

Soğuk savaş yıllarında ABD ve Sovyetler arasında yaşanan gerginlik, *Süperman*'in 1976'da yayınlanan 300. sayısının sayfalarına da yansır. Bu serüvende dönemin iki süper gücü Süperman'in denize düşen roketini ele geçirmek için kapışırlar. Dergiyi okuyan çocuklardan biri de Mark Millar'dır. Sol görüşlü ABD'li bir ailenin çocuğu olan Millar, okuduğu bu serüven üzerine düşünür: "Ya Süperman Sovyetler Birliği'nin elinde olsaydı?"

Mark Millar, çocukluğunun bu sorusunun yanıtını on dört yaşına geldiğinde yazmaya başlar. Otuz üç yaşındayken tamamladığı hikâye DC Comics tarafından Dave Johnson ve Kilian Plunkett'ın çizgileriyle 2003 yılının Mayıs ayında yayınlanır. Bu, Komünist Süperman "Red Son"un doğuşudur.

Göğsünde "S" harfi yerine Sovyetler Birliği'nin simgesi olan orak/çekiç taşıyan Red Son, Süperman gibi yardımsever bir karakterdir. Komünizm ideolojisine gönül veren Red Son, serüvenlerinde yalnız değildir. Amazonları temsil eden Wonder Woman en büyük yardımcısıdır.

Yoldaş Süperman'in amacı dünyada barışı sağlamak ve tüm halklara eşitlik getirmektir. Bunu yaparken de, süper güçlerini kullanarak ABD'yi ele geçirmek yerine, insanların gerçeği görüp sosyalizmi kendi istekleriyle seçmesi düşüncesindedir. Red Son amacına ulaşır! ABD'deki on altı eyalet kendi istekleriyle sosyalist yönetim biçimine geçerler.

Red Son'u taşıyan uzaydan gelen kapsül, Ukrayna'da bir çiftliğe düşer. Çiftçi karı koca tarafından büyütülen Red Son,

Komünist Süperman

on iki yaşına geldiğinde Stalin'in dikkatini çeker ve Sovyetler Birliği'nin gözdesi olur. Yoldaş Süperman, ABD versiyonunda olduğu gibi kimliğini gizlemez, herkes onu Red Son olarak tanır. Uçarken de Süperman gibi sağ değil, sol elini yumruk yaparak ileriye doğru uzatır.

Amerika'da yayınlanan *Yoldaş Süperman*'in, 1989 yılında Berlin duvarı yıkılıp da Sovyetler Birliği'nin dağılmasının ardından doğduğunu unutacak değiliz! Bu yüzden, 2003 yılında yayınlanan Red Son'un öyküsü, kapitalizmin parçaladığı, birbirine düşman ettiği mazlum halkları eskisi gibi bir araya getirerek, ABD karşısında bir güç yaratmak olmalıydı!

Tenten ve Bakır!

İngiltere'nin Greenock Dockyard Tersanesi'nden 1921 yılında, Panamalı bir şirket için "Nordkyn" adlı yük gemisi denize indirildiğinde Georges Remi on dört yaşındadır.

Brükselli bir tuhafiyecinin oğlu olan Remi, din adamı ve gazeteci Norbert Wallez'in *Le Vingtième Siècle* gazetesinin eki olan *Le Petit Vingtième*'de kimliği en çok tartışılan çizgi roman kahramanı Tenten'i 1929 yılında çizmeye başlar. İlk macera olan "Tenten Sovyetler'de"nin yayınlanması on altı ay sürer ve büyük ilgi görür. Öyle ki, kendileri için hazırlanan maceranın son sahnesini seyretmek isteyen tüm okurlar Brüksel Garı'nı doldururlar. Tenten kıyafetindeki bir oyuncunun peronda karşılanışıyla ilk kez bir çizgi romanın son karesi canlandırılmış olunur.

Bu yıllarda Nordkyn, Glasgow Limanında bir İngiliz firması adına yük taşımaktadır. Adı da "Glenardle" olarak değiştirilmiştir. Savaş rüzgârlarının esmeye başladığı 1938'de Georges Remi, "King Ottokar's Screpte" ile çıkar hayranlarının karşısına. Bu çizgi romandaki "Müsstler" adlı karakter iki faşist diktatör Mussolini ve Hitler'in adlarının birleşmesinden doğar. Remi, çizgi romanın sona ermesinin ardından Nazi karşıtı olduğunu açıklar. Kısa bir süre sonra da Naziler Belçika'yı işgal ederler.

Georges Remi, eşi Germaine ile birlikte faşizmden kaçarak Fransa'ya göç edenler arasındadır. Çok geçmeden Belçika Kralı, ülkeyi terk edenlere geri dönmeleri için çağrı yapar. Ne olursa bundan sonra olur! Remi, bu çağrıya uyar ve Almanların gözetiminde çıkan *Le Soir* gazetesinde Tenten'i çizmeye başlar. Çizere Nazi suçlamalarının yapıldığı süreç de böylelikle başlamış olur.

Remi, yapılan suçlamaları "Ben Alman propagandası yapmadım, Alman yanlısı değilim, Alman arkadaşlarım da yok" diye reddetse de, Tenten'i okumak için *Le Soir*'ı eline alanlar, gazetenin birinci sayfasındaki şu sözle karşılaşır: "Nasyonal Sosyalizm Bizi Tanrı'ya Daha da Yaklaştırabilir"

Savaş başlamış ve pek çok gemi, denizaltılar ve uçaklar tarafından bombalanarak denizin dibini boylamıştır. Manş Denizi tam bir gemi mezarlığına dönüşür. Glenardle'yi merak etmeyin!.. Onu İstanbul Limanında görürüz. Çünkü 1936 yılında Türkiye tarafından satın alınmış ve maden taşımacılığında kullanılmaktadır. Geminin yeni adı "Bakır"dır.

Georges Remi'ye, Nazi damgasını vuranlardan biri de Blumenstein'dır. Açgözlü bir ABD finansörü olan Blumenstein ile gerçek hayatta karşılaşmayız. Tenten, *The Shooting Star* (Yıldız Vurmak) serüveninde çizdiği bu savaş vurguncusu karaktere Yahudi adı koyduğu için bir kez daha hedef tahtasına konur. Remi, çizgi romandaki bir karaktere koyduğu bu adın Yahudilere ait olduğunu bilmediğini söyler. Blumenstein'ın adı serüvenin ilerleyen karelerinde Remi tarafından "Bohlwinkel" olarak değiştirilse de, Belçika'da göğüslerine sarı Davudi yıldızı takılan Yahudilerin toplama kamplarında sona erecek ölüm yolculukları da başlamış olur.

Irkçılık yaptığı iddiaları Kongo macerasında da yakasını bırakmaz Tenten'in. Georges Remi, Afrika yerlilerini görünümleri ve davranışlarıyla aptal vahşiler olarak çizdiği için

Tenten İstanbul'da.

öyle çok tepki alır ki, özür dilemek zorunda kalır. Tenten'in Afrika'da geçen serüveninin ABD'deki basımı da Remi'nin başını sıkıntıya sokar. Irkçıların baskısı altında Remi, hikâyede karatenli insanların göründüğü kareleri değiştirir. Konusu Afrika'da geçen bir serüvenin ABD baskısında Afrikalılar, ırkçıları rahatsız etmemek için yok edilir.

Nordkyn.

Glenardle.

Bakır.

Gemiler gibi Georges Remi de Tenten'in karelerine yazdığı adını zaman içerisinde değiştirir. Çizgi romanlarında önce adının baş harfleri olan "G.R."yi kullanır. Sonradan harfleri ters çevirerek "R.G." olarak atar imzasını. Bu iki harf Fransızcada "erje" diye okunur. Erje'nin yazımı olan "Hergé" Tenten'in şöhreti arttıkça Georges Remi'nin gerçek adının önüne geçer.

Akıllı köpeği Milou ve arkadaşı Kaptan Haddock ile Arap çöllerinden Tibet'e, Mısır'dan Ay'a kadar pek çok yerde maceradan maceraya koşan Tenten'i Profesör Tournesol ile ikiz dedektifler Dupont ve Dupond da yalnız bırakmazlar. Tüm bu koşuşturma içinde Tenten'in bir gazeteci olduğu bazı karelerde elinde görülen fotoğraf makinesinden anlaşılır.

İkinci Dünya Savaşı sırasında Bakır'ın büyük bir değişim göstererek yolcu gemisine dönüştüğünü görürüz. Savaş sonrasında Hergé'nin yaşamı da değişir. 1944 yılının Eylül ayında Belçika'nın faşizmden kurtulmasıyla *Le Soir* gazetesi kapatılır. Savaş yıllarında hatırı sayılır miktarda para kazanan Hergé, Nazilere destek olduğu iddiasıyla dört kez tutuklanır. Bu tutuklanmalarda sadece bir gece hapiste kalır. *Le Soir* gazetesinin mahkemeye çıkarılan yirmi altı çalışanı arasında yer alan editörü asılır. Hergé, gözle görülen siyasi bir propaganda yapmadığı ve bir çizgi romandan dolayı suçlanmanın yanlış olacağı düşüncesiyle davaya dahil edilmez.

Nazi suçlamaları Hergé'yi bir gölge gibi takip edecektir. Ta ki, Raymond Leblanc ortaya çıkıncaya kadar! Bir savaş kahramanı olan ve Belçikalıların büyük saygı ve sevgi duyduğu Leblanc, *Tenten*'in yeniden basımını üstlenince Hergé'nin üstündeki gölge tam olarak kalkmasa da, koyuluğunu kaybetmeye başlar. 1983 yılında, yetmiş beş yaşında ölünceye kadar Tenten'i çizen Hergé, çizdiği hayal kahramanının 2011 yılında yapılan filmini göremez. Spielberg'in yönettiği filmin senaryosu, Tenten'in *Le Soir* gazetesinde savaş sırasında yayınlanan hikâyelerinden oluşur. Hergé'nin, suçlandığı döneme ait hikâyelerinin bir Yahudi yönetmen tarafından sinemaya uyarlandığını görseydi rahat bir nefes alacağını söylemek, herhalde yanlış olmayacaktır.

Hergé'nin seyrettiği *Tenten ve Altın Post* filmi 1961'de çekilir. Filmin başrollerinde Tenten ve arkadaşları vardır ama çekimlerin yapıldığı İstanbul ve Pire kentlerini de yabana atmamalıyız. Tenten, Kaptan Haddock ile birlikte uçakla gelir İstanbul'a. Tarihi kentin filmde ilk boy gösterdiği sahne bu yüzden, Haliç'in bir uçaktan çekilen görüntüleridir. Galata Köprüsü ve uçuşan güvercinleriyle Sultanahmet Camii'nin yanı sıra, ahşap evleriyle eski sokaklar, at arabaları ve mavnalar da serüvenin koşuşturması içinde kendilerine yer bulurlar. Kaptan Haddock, Haliç kıyısındaki bir kahvede nargile içerken, bir başka sahnede çocuklar bir sokak çeşmesinde Tenten'in köpeği Milou'ya su verirler. İstanbul'da çekilen en heyecanlı sahnede Rumelihisarı çıkar karşımıza. Tenten ve Kaptan Haddock kendilerine rehberlik yapan Bay Malik tarafından hisarın kulelerinden birine kapatılırlar. Kulenin içinde pusu kuranlar tabancalarıyla ateş edince iki kafadarın yukarı doğru kaçmaktan başka çaresi kalmaz. Kulenin tepesine çıkan Tenten ve Kaptan Haddock, buradaki eski top güllelerini merdivenlerden aşağıya doğru yuvarlayarak arkalarından gelen adamların üstüne atarlar. İki kahraman kuleden yere uzanan bir kablodan kayarak kurtulur. Tüm dünyanın tanıdığı bu iki hayal kahramanının heykellerini filmin anısına Rumelihisarı'na koymaksa, aradan geçen zaman içerisinde hiç kimsenin aklına gelmez.

Tenten ve Kaptan Haddock, Haliç'te bir motorla giderken, kıyıya demirli gemilerin yanından geçerler. O gemilerden biri de, bu yazımızın macerası içinde arada bir görünen Bakır'dır!

Define Haritası

Haritaları uzun yıllar birer çizgi roman gibi elimde tutup, sayfaları arasında hayal dünyasına daldığım çok olmuştur. Bu yüzden olsa gerek, Mister No en çok sevdiğim çizgi roman kahramanları arasındadır. Zagor'un yaratıcıları Guida Nolitta ve Gallieno Ferri tarafından okurlarıyla 1975'te buluşan *Mister No*, İkinci Dünya Savaşı'na katılmış bir pilottur. Pistte her hızlanışında havalanması için tekmeler attığı, küfürler savurduğu külüstür uçağıyla serüvenden serüvene koşan *Mister No*'nun ilk sayfaları coğrafya dersi gibidir. Latin Amerika'da serüvenin geçeceği yerin uzun uzun anlatıldığı bu sayfalarda haritalar da sunulur okurlara.

Şu an elinizde tuttuğunuz kitabın sayfası yerine bir dünya haritasına baktığınızı düşünün. Kuzey Amerika, Avrupa ve Asya'yı Ekvator çizgisinin yukarısında görüyorsunuzdur. Güney Amerika ve Afrika'nın büyük bir kısmıyla Avustralya, Ekvator çizgisinin aşağısındadır.

Şimdi de, dünya haritasını ters çevirin. Yukarıdaki kıtaları aşağıya, aşağıdaki kıtaları yukarıya getirin. Bilin ki, bin yıl öncesine kadar Arap bilginler tarafından dünya haritaları böyle çiziliyordu. Bu haritalar arasında en çok bilineni, El İdrisi'nin çalışmasıdır. Sicilya kralı II. Ruggiero için yazdığı *Kitabü'r Rucari* adlı eserinde yer alan haritada El İdrisi, tepe taklak edilmiş bir dünya sunar bize. Görmeye alıştığımızın aksine, bu haritada dünyanın güney kısmı yukarıdadır.

El Cezire'nin haritasından sekiz yüzyıl sonra, Uruguaylı ressam Joaquin Torres-Garcia, ülkesinin de bulunduğu Güney Amerika kıtasını, çizdiği haritada kuzeye yerleştirir ve şunu söyler: "Kuzeye gitmek için gemilerimiz aşağı iner, yukarı çıkmazlar."

Bizler, kuzey yarım kürede bulunan Anadolu'da yaşayanlar, batının doğuyu sömürdüğünü söyleriz. Oysa, tarih boyunca tüm dünyada sömürünün yapıldığı yön algısı bu değildir. Batının doğuya tattırdığı acılardan çok fazlasını kuzey yarım küre, Ekvator çizgisinin aşağısına, güneye yaşatmıştır. Ya da Kuzey Amerika yerlileri için zulüm doğudan gelmiştir.

Eduardo Galeano, okul yıllarında öğretilen haritaların yalan söylediğini yazar. Galeano'nun ülkesi Uruguay'da ders kitaplarındaki haritalarda Ekvator çizgisi Afrika'nın tam ortasından geçer. Böyle olunca da, toprak parçalarının üçte ikisi sömürgeci ülkelerin bulunduğu kuzeyde, üçte biri de güneyde görünür. Üstelik, gerçekte Güney Amerika daha büyük olmasına rağmen, Avrupa sömürdüğü bu kıtadan daha büyük çizilir. Hindistan da normalde üç kat büyük olduğu İskandinavya'dan daha küçüktür. Sadece bu da değil, ABD ve Kanada topraklarının toplamı Afrika'nın üçte ikisi olmasına rağmen, Uruguay'da çocuklara verilen haritalarda bu iki ülke kara kıtadan daha büyük bir yer kaplar. Eduardo Galeano, "Coğrafyanın kralı çıplak" diyerek, haritalardaki sahtekârlığı şöyle açıklar: "Harita yalan söylüyor. Geleneksel coğrafya yer çalıyor, tıpkı emperyal ekonominin zenginlik çalması, resmi tarihin bellek çalması ve resmi kültürün söz çalması gibi."

Harita tarihinin en ilginç eserlerinden biri 1581 yılında yayınlanır. Hannoverli protestan bir papaz olan Heinrich Bünting, *Itinerarium Totius Sacræ Scripturæ* adlı kitabında İncil'deki coğrafi bilgiler hakkında yaptığı araştırmalara yer verir. Bünting'in kitabının sayfaları arasında Dünya, Avrupa ve Asya haritalarını da görürüz. Söz konusu Avrupa ve Asya haritalarının çizgi roman tarihinin ilkel örnekleri olduğunu rahatlıkla söyleyebiliriz. Çünkü haritalarında Bünting, Avrupa'yı taçlı ve elbiseli bir kadın, Asya'yı da uçan kanatlı at Pegasus olarak çizmiştir!

Heinrich Bünting'in Asya haritasında dikkatle bakmamız gereken yer, "Küçük Asya" olarak tanıttığı Anadolu'dur. Bu toprak parçasından gözümüzü ayıramayışımızın nedeni, Anadolu'nun Pegasus'un başı olarak çizilmesidir. Bu benzetme, akıllara elbette Nâzım Hikmet'in ünlü dizelerini getirir:

Dört nala gelip uzak Asya'dan
Akdeniz'e bir kısrak başı gibi uzanan
Bu memleket bizim

Kitaplarına, araştırmalarına ve koleksiyonculuğuna imrendiğim Prof. Dr. Haluk Oral ile birbirimize sorduğumuz soru şudur: Nâzım Hikmet, Bünting'in haritasını görüp Akdeniz'e "bir kısrak başı gibi" uzanan çiziminden ilham almış olabilir mi? Bu sorunun yanıtını birbirimize veremesek de, şiir ile harita arasındaki benzerliği kimsenin inkâr edemeyeceği konusunda Haluk Oral ile hemfikiriz.

II. Abdülhamit döneminde donanmanın beline indirilen balyozdan dolayı, emperyalist güçlerin donanmasının Akdeniz ve Ege Denizi'ni hiçbir gemimizin direnişiyle karşılaşmadan rahatlıkla geçip Çanakkale'ye dayanmaları gibi, 2011 yılında da denizcilerimize benzer bir kumpas kurulmuştur. Tarihe "Balyoz Davası" olarak geçen ve en üst düzeyde, donanmanın beyni sayılacak insanların asılsız iddialarla "terörist" olarak yargılandığı süreçte, hukuk adına işlenen bir katliam yaşanır. Mahkemede savcının sunduğu dijital delillerin sahte olduğu ortaya çıkana kadar, milletine hizmet etmek dışında hiçbir amacı olmayan, idealist nice masum insanın özgürlüğü ellerinden alınır.

"Akdeniz'e bir kısrak başı gibi uzanan"

Kurmay Albay Mehmet Örgen, 4 Temmuz 2011'de Balyoz davasında tutuklanan denizciler arasındadır. Savcı, Örgen'e de darbe hazırlığına katıldığı, bu amaçla yapılan toplantılarda görev aldığı gibi suçlamalarda bulunur. İddiaların yer aldığı dijital kaydın tarihi 11 Aralık 2002'dir. Oysa, Mehmet Örgen iddia edilen tarihte Türkiye'den çok uzakta, Nato'da görev yapmaktadır. İşin trajikomik yanı, Albay Örgen, 17 Ağustos 2001'den 9 Ağustos 2005 tarihine kadar bulunduğu yurtdışı görevi sırasında, savcının iddia ettiği darbe hazırlıklarının yapıldığı dönemde Türkiye'ye hiç gelmemiştir!

Balyoz Davasının kara bulutlarının ailenin üstünde henüz dolaşmadığı yıllarda Mehmet Örgen, Harvard Üniversitesi'nde bir konferans vermek ve yönetici eğitimine katılmak üzere iki haftalığına ABD'ye gider. Örgen'in bavulunda kızı Naz'ın bir oyuncak bebeği ve oğlu Can'ın da bir oyuncak arabası vardır. Göbek bağını nereye gömersen, çocuğun orada okuyacağı inancıyla denizci baba, çocuklarının oyuncaklarını Harvard Üniversitesi'nin bahçesine götürmektedir.

Yağmurlu bir günde dışarda pek kimse olmadığı için, Harvard Üniversitesi'nin her yıl mezuniyet töreninin yapıldığı bahçesinde, bir ağacın altını kazıyan adamı kimse görmez. Mehmet Örgen, kızının ve oğlunun oyuncaklarını iki ağacın altına gömer. Çocuklarının dünyanın önde gelen bu üniversitede okumasını hayal eden baba, Harvard'ın iki haritasına da oyuncakları gömdüğü ağaçları çarpıyla işaretler. Türkiye'ye geri döndüğünde haritaları Naz ve Can'a göstererek hayalini açıklar: "Harvard'da okuyacaksınız ve bu haritalarla gidip oyuncaklarınızı kendiniz oradan çıkarıp mezuniyetinizde bana, güzel memleketimize getireceksiniz."

Donanmadan ilerici, yurtsever, 1923 Devrimine yürekten bağlı insanları uzaklaştırmak için kurulan "Balyoz" adlı tuzak, ilk değildir. 1938 yılında "Donanma Davası" olarak bilinen iddialarla denizciler Erkin gemisinde yargılanmış, İkinci Dünya Savaşı öncesinde tutuklanarak tecrit edilmişlerdir. Bu davaya susturulmak amacıyla dahil edilenler arasında Nâzım Hikmet de vardır.

Kurmay Albay Mehmet Örgen, ülkesinden kilometrelerce uzakta görevliyken, darbe toplantılarına katıldığı iddiasıyla hapiste yattığı dönemde, kızı Naz ilkokula başlar. Ne var ki, babasının Harvard Üniversitesi'nde okuması dileğiyle oyuncağını bahçesine gömdüğü kızı sınıfta başarılı değildir. Öğretmen, aile gemisini bu fırtınalı yıllarda bir kaptan gibi başarıyla yöneten Sanem Örgen'i kızı hakkında görüşmek için okula çağırır. Anne, Naz'ın okuyup yazma konusunda sınıfın gerisinde kaldığı sözlerini dinlerken, gözünden akan yaşlara engel olamaz. Sanem Örgen eve geldiğinde "Kızım, öğretmen oku ve yaz dediğinde yapamıyor musun?" diye sorar.

Harvard Üniversitesi'nin bahçesinde oyuncak bebeğinin gömüldüğü haritayı hayatının en büyük definesi gibi saklayan Naz yanıt verir: "Hayır anne, ben hem okuyor, hem de yazıyorum. Ama ne kadar geç okursak, Okuma Bayramı da o kadar geç olur. Babam da hapisten çıkar ve o gün yanımda olur!"

Üç Büyük Hayal...

Anadolu'nun işgal edildiği 1919 yılında, Batı Cephesi Kumandanı İsmet Paşa, Kütahya mutasarrıfının sekiz yaşındaki oğlunu sevdikten sonra şunu söyler: "Rahmi Bey, bu çocuğa dikkat et, büyük adam olacak." Rahmi Bey'in oğlu Ali Bedreddin, on iki yaşına geldiğinde şunu yazar günlüğüne: "Ben tanınmış bir ressam olacağım."

Trabzonlu Rahmi Bey, çocuklarına Victor Hugo ve Moliére'den çeviriler yaparken, eşi Lütfiye Hanım da Yunus Emre'den, Pir Sultan Abdal'dan şiirler, türküler, ilahiler okur. Trabzon'un en aydın ailelerinden birinde yetişmesine rağmen, Trabzon Lisesi müdürü Şerif Bey, resim eğitimi için İstanbul'a gitmek isteyen Ali Bedreddin'e "Seni akademiye almazlar" diyerek tasdikname vermez. Genç adam, bu nedenle öğrenci bileti yerine tam bilet almak zorunda kalır. Çocuklarının hakkı olan belgenin verilmemesinden dolayı, hesapta olmayan miktarda para harcayan dar gelirli ailenin bütçesi epeyce sarsılır.

Güzel Sanatlar Akademisi'nin Resim Bölümüne girmeyi başaran Ali Bedrettin, altı ay sonra bir yarışmaya gönderdiği resim ile birinciliği kazanır ve kırk lira ödül alır. Bu parayla ilk yılın masraflarını karşılamakla kalmaz, on iki yaşındayken günlüğüne yazdığı gibi "tanınmış" bir ressam olma yolunda büyük bir adım atmış olur. O adımlar Ali Bedreddin'i resim tarihimize "Bedri Rahmi Eyüboğlu" olarak taşıyacaktır.

Vincent Van Gogh'un büyük bir ressam olduğu resim eleştirmenleri tarafından kabul edilen bir gerçektir. Ancak Bedri Rahmi Eyüboğlu'nun öğrenci olduğu 1920'lerin sonlarında akademide ders veren ressamlardan böyle bir söz duyamazdınız. Yalnızca bir ressam o yıllarda Van Gogh'tan söz etmekte ve resimlerini övmektedir. Kim olduğunu Bedri Rahmi'den öğreniyoruz: "Öğretmen olarak Çallı'nın bir sistemi, bir metodu yoktu. Ama bana öyle bir yaşta Van Gogh'tan söz açtı ve birkaç sözcükle onun hasır iskemlesini öyle cana yakın kıldı ki, burnuma hasırın kokusu geliyor sandım. Bir ustanın, çırağına yapacağı en büyük iyiliklerden birisi, belki de birincisi ona gereken yaşta lazım gelen gıdayı sağlamaktır. İşte, Van Gogh'un hasır iskemlesini sevgili hocam Çallı bana o günlerde sundu. Bu sunuş can dolusu şerbetin ta kendisiydi. O günlerde Van Gogh'a büyük ressam diyebilecek Akademi hocası, parmakla sayılacak kadar azdı. Koca Çallı balın kaymağını bulan sayılı ustalardan biriydi."

Trabzon, Cumhuriyet tarihinde sanatçı ve bilimci yetiştiren kentler arasında ilk sıralarda yer alır. 1923 Devriminin insanı kula kulluk düzeninden kurtarıp özgürleştiren ışığı kitaplar, dergiler ve tiyatroyla Anadolu'da yaygınlaşırken, Trabzonlu pek çok genç o aydınlık yoldan yürümüştür. Bunlardan biri de, güzel sesiyle iyi bir Kuran okuyucusu da olan, avukat olmayan yerlerde insanların haklarını mahkemede savunan "Müstantik Muavini" Mehmet Temel Bey'in oğlu Süleyman Saim Tekcan'dır.

Tekcan, Trabzon Lisesi'nde matematik ve fizik alanındaki başarısının yanı sıra, spor alanında da dikkatleri üstüne çeken bir öğrencidir. Yaz aylarında *Trabzon'un Sesi* gazetesinde çalışan Tekcan, bir gün gazete bayisinden Michelangelo, Goya ve Rembrandt'ın sanatını anlatan üç kitap alır. Fındık toplarken, tütün dizerken ve kayığıyla balığa çıkarken yanında artık hep bu üç ressamın kitabı vardır. Süleyman Saim Tekcan, Gazi Eğitim Enstitüsü'nden mezun

Müşfik Kenter, Sema Özcan, Süleyman Saim Tekcan.

olunca Artvin'de öğretmenliğe başlar. Öğrencileriyle *Ödül* adlı bir dergi çıkarıp tiyatro oyunları sahnelediği dönemde, katıldığı *Ses* dergisinin oyunculuk yarışmasında ikinci olur ve Metin Erksan'dan *Sevmek Zamanı* filminde oynamak üzere davet alır. Müşfik Kenter ve Sema Özcan ile başrolde oynar. Ancak üç kitabın yüreğinde kopardığı fırtına, onu sinemadan da uzaklaştıracak, resim sanatına yöneltecektir. 1989 yılında hayalini kurduğu, öncüsü olduğu Güzel Sanatlar Anadolu Lisesi projesini hayata geçiren Süleyman Saim Tekcan, bir ilke daha imza atarak İstanbul Grafik Sanatlar Müzesi'ni kurar. Tekcan, hayallerinden asla vazgeçmeyeceğinin ilk sinyalini 1967 yılında verir. O yıl, Trabzon'da vesikalık bir fotoğrafını gördüğü Emel adlı genç kıza âşık olur. Kızın İstanbul'da yaşadığını öğrenince onu bulur ve 6X9 ebatındaki bir vesikalıkla başlayan bu öykü, içine iki kız çocuğun da katılacağı mutlu bir aile fotoğrafına dönüşür.

Trabzon'daki dağların arkasında, Bayburt'un Baksı köyünde doğan Hüsamettin Koçan'ın kurduğu hayalleri gerçekleştirme öyküsüyse Doğu Karadeniz insanının bir başka övünç kaynağıdır.

Demiryolu inşaatlarında çalışan Tahsin Koçan, köyüne iki yılda bir gelir ve iki ay kalır. Oğlu, Hüsamettin Koçan "Biz sekiz çocuğuz ve ben iki numarayım" diye anlatır ailesini: "Babamdan dolayı kardeşlerimizin arası hep iki yaştır!"

Çocuk Hüsamettin, kendinden iki yaş büyük ağabeyiyle köye dönüş zamanında sabırsızlıkla bekler babasını. Köye gelen insanın ilk görüldüğü "Ged" denilen tepeye oturarak yola umutla bakar iki kardeş. Uzakta, yolun ucunda görünen her karartıya "babam" diye seslenerek umutla koşarlar.

Hüsamettin Koçan, okumak için o yoldan köyü terk edecek ve adını resim sanatının usta ressamları arasına yazdıracaktır.

Ne olursa 1987 yılında olur. O yıl, Tahsin Bey, oğlu Hüsamettin Koçan'ın İstanbul'daki evinde uzun uzun köyü Baksı'yı anlatır bir gece. Sanatçı, babasını dinlerken "Acaba bana bir vasiyette mi bulunuyor" diye düşünmekte haklıdır. Çünkü çok değil, iki ay sonra Tahsin Bey son nefesini verir.

Hüsamettin Koçan, babasının cenazesini zor bir yolculuğun ardından Bayburt'un Baksı köyüne götürür. Ne var ki, köyde âşık atışmalarının yapıldığı, köylülerin toplanıp sohbet ettiği, misafirlerin ağırlandığı konağın yerinde yeller esmektedir. Baksılılar evlerine çekilmiş televizyon seyretmektedir. Ekran karşısındaki çocukları görünce Pembe Nine'yi anımsar Hüsamettin Koçan. Konakta çocukların etrafına toplandığı Pembe Nine, anlattığı masallarla hayal dünyasının kapısını açardı onlara. Hüsamettin Koçan'ı sanata yönlendiren o masallar değil midir?

Baksı Müzesi: "Orda bir müze var uzakta".

Baksı köyündeki konağı yeniden canlandırmaya karar verir sanatçı. Yapacağı konak, kültür erozyonu önünde bir set gibi duracak, köyün çocukları unutulmaya yüz tutan masallara yeniden kavuşacaktır. Babasının ölümü nedeniyle uzun bir aradan sonra köyüne dönen Hüsamettin Koçan'ın eskiden olduğu gibi köydeki sohbet, saz ve masal kültürünü yeniden canlandırmak adına kolları sıvadığı konak inşaatı, zaman içinde bir müzeye dönüşür; bünyesinde sergi salonlarının, sanat atölyelerinin, konuk evlerinin, kütüphane ve konferans salonunun olduğu bir müze... Öyle ki bir ressamın köyüne kurduğu bu eser, Avrupa Kültür Konseyi tarafından 2014 yılında en iyi müze ödülünü kazanır.

Hüsametin Koçan, müzeyi, çocukluğunda ağabeyiyle birlikte babasının köye gelişini gözledikleri "Ged" denilen tepeye kurar. İstanbul'dan özel bir okulun öğrencileri getirilir Baksı köyüne, bir yaz tatilinde. Köy çocukları uzaklardan gelen arkadaşlarını sabırsızlıkla bekleseler de bir kaynaşma, bir yakınlaşma olmaz aralarında. Misafir çocuklar kendi dünyalarında oyunlar oynamakta ve sohbet etmektedirler. Ne şarkıları benzer birbirine, ne de masalları. Baksı Müzesi'nde kalan çocuklar İstanbul'a dönmek için köyden ayrılırken, yolun çiçeklerle örtüldüğünü görürler. Köyün çocukları oyunlarına ve sohbetlerine kendilerini almayan misafir arkadaşlarının adlarını çiçeklerle yola yazmıştır.

Baksı'nın çocukları kenarında el sallarken, adları rengârenk çiçeklerden oluşan kocaman harflerle yola yazılan çocukların otobüs camındaki biraz pişman, biraz da mahcup yüzleri giderek uzaklaşır köyden.

Tarzan ve Çingeneler

Manisa'daki bir parkta oynayan çocuklar kopardıkları çiçeği elden ele uzatarak koklamaktadır. Yanlarında birden, sanki ağaçlardaki sarmaşıkların birinden ötekine atlayarak, adeta uçarak gelen Manisa Tarzanı belirir. Çocukları çimenlerin arasındaki çiçeklerin yanına götüren Manisa Tarzanı şunu söyler: "Bakın, koparmadan daha güzel kokuyorlar değil mi?"

Manisa Tarzanı olarak bilinen Ahmet Bedevi'nin bu sözünü o çocuklardan biri hiç unutmaz. İlhan Şeşen'in bestelediği şarkılardan birindeki şu söz, sanatçının Manisa Tarzanı'yla olan çocukluk anısına gönderdiği bir selamdır: "Koparmadan çiçek koklar gibi".

Edgar Rice Burroughs'nun yarattığı bir roman kahramanı olan Tarzan, sinemanın en çok sevilen karakterlerinden biridir. Çizgi roman dünyasının da uzun yıllar vazgeçilmezlerinden olan Tarzan'a Yeşilçam sineması da el atmakta geç kalmaz. 1952 yılında çekilen *Tarzan İstanbul'da* filminin ardından 1974'te *Tarzan Korkusuz Adam* çekilir. Yavuz Selekman'ın Tarzan rolünü oynadığı film Kongo'nun Guana Dağları'nda geçse de, senarist Kunt Tulgar *Müzük* dergisinin Mart 1996 sayısında şu bilgiyi verir: "*Tarzan Korkusuz Adam* filminin çekim süresi tam üç gün. Üstelik Çatalca'daki mağaralar, Uskumru köyü yakınındaki düzlük ve Belgrad Ormanları olmak üzere üç ayrı mekânda çalışıldı."

İstanbul'da, Tulgar'ın sözünü ettiği yerlerin birbirine olan uzaklığını düşünecek olursak, Tarzan filmini üç günde çekmenin sinema tarihinin rekorları arasında yer aldığını söyleyebiliriz!

Filmdeki "Mao Mao" yerlileriyse İstanbul Çingeneleridir. Acıdır ki, ülkemizdeki Çingeneler demokratik ve kültürel haklar konusunda Afrika kabilelerinden de geride bırakılmıştır. Pek çoğu kendilerine "Roman" denilmesini istese de, "Çingene" sözcüğü şarkılarda ve şiirlerde silinmez bir güzelliğe sahiptir. Akıllara ilk Cemal Süreya'nın unutulmaz dizesi geliyor: "Ve zurnanın ucunda yepyeni bir Çingene"

Turgut Uyar'ın ünlü "Geyikli Gece" şiirinin ilk dizeleri sanki onun için yazılmıştır:

Halbuki korkulacak hiçbir şey yoktu ortalıkta
Her şey naylondandı o kadar

Gözlerini dünyaya naylon bir çadırda açtığında bir buçuk kilo ağırlığında bir bebektir. Annesinin sütü gelmediği için hiç kimse yaşayacağına inanmaz. Ama babası oğlunu Azrail'in kollarına teslim etmemekte kararlıdır. Her gün uzaktaki bir çiftlikten inek sütü taşıyarak bebeği beslemeye başlar.

Bir gün jandarmalar çadırı basar. Bu onlar için olağan bir durumdur: "Korkulacak bir şey yoktu ortalıkta"... Bir hırsızlık olsa, suç işlense hedefe ilk onlar konulur. Çünkü hayatlarındaki "her şey naylondandı o kadar"...

Babasının süt aldığı çiftlikteki inek kaybolmuştur ortalıktan. Öyle ya, çalsa çalsa her gün bebeğine taze süt alan o adam çalmıştır. Jandarma ihbar üzerine alır götürür zavallı adamı. Suçu kabul etmeyince bir su verilir, bir elektrik. On gün işkence görür. Dayanamayacağını anlayınca kurtulmak için kabul eder suçu. Mahkemeye çıkarılır ve inek çalmak suçundan hapse atılır. Üç ay sonra kaybolan inek bulunur. Uzakta değil, çiftlik sahibinin kardeşinin ahırındadır. Miras kavgası nedeniyle küçük kardeşin gizlice ineği aldığı ortaya çıkınca masum adam özgür bırakılır. Naylon çadıra döner dönmez bebeğini kucağına alır, gözyaşları içinde bağrına basar.

Sökelidirler. Sepet yaparlar ve satmak için de Ege ve Akdeniz'i köy köy, kasaba kasaba gezerler. Yaşamları satacakları sepetlere bağlıdır. Sepet karşılığında da para değil, pirinç, nohut, fasulye, bulgur, şeker alırlar.

Günlerden bir gün Fethiye yakınlarındaki bir çınar ağacının altında çadır kurarlar. Bebek büyümüş, yedi sekiz yaşlarındadır. Eşyalarını yeni yerleştirmişlerdir ki jandarmalar gelir ve komutan on dakika içinde gitmelerini sert bir dille söyler. Kamyonu yeni gönderdiklerini, geri çağıracaklarını, gelir gelmez de gideceklerini söyleseler de, dinleyen kim? Getirilen bir traktör römorkörüne bindirilirler ve jandarma aracının öncülüğünde ıssız bir yere götürülürler. Komutanın "Sizi başka bir yerde görmeyeceğim" sözü gecenin karanlığında yankılanır.

Bir çığlıkla hepsi uyanır uykudan! Ne olduğunu anlayamadan aralarından biri daha can havliyle bağırır. Ateşler yakıldığında bir korku filminin içinde bulurlar kendilerini. Her yer akrep kaynamaktadır! Akreplerin soktuğu yaralılarını kucaklarında taşıyarak kilometrelerce yol yürüdükten sonra yola çıkacak ve gecenin karanlığındaki uzun bekleyişin ardından buldukları bir kamyonla hastaneye ulaşacaklardır.

Söke Lisesi'nin mezuniyet töreninde okul birincisi, konuşmasını yapmak için kürsüye davet edilir. Özcan Purçu'dur alkış sesleri arasında, ayağında çöpten bulduğu çizmelerle kürsüye doğru yürüyen genç adamın adı. Ve o, inek hırsızlığıyla suçlanan babanın oğludur.

2015 seçimlerinde Özcan Purçu, İzmir milletvekili olarak meclise giren ilk Roman olur.

Purçu, Uğur Dündar'ın kendisiyle yaptığı söyleşide şunu söyler: "Babam rüyasından hâlâ 'İneği ben çalmadım' diyerek uyanır!"

Rosebud

Bir çocukluk arkadaşıma uzun yılar sonra rastladığımda üstümdeki elbiseler ve ayakkabılar sevincime bol gelirken, tenimdeki en eski yara izi bir kez daha kanar. Bedenimi, bir sirk ya da hayvanat bahçesinden kaçmak isteyen zürafayı engelleyen demir parmaklıklar gibi hissederim o an.

Nâzım Hikmet'in, 1935 yılının Nisan ayında bir çocukluk arkadaşı çıkar karşısına. Saçlarına ak düşmüş, ağzının kenarlarında kırışıklıklar olan, otuzunu geçtiği ilk bakışta belli olan arkadaşının değişmeyen tek yeri, şaire göre gözleridir. Nâzım Hikmet, *Akşam* gazetesinde "Orhan Selim" imzasıyla kaleme aldığı yazısında, arkadaşıyla olan ayaküstü sohbeti yazar: "Ne iyi, dedim, çocukluğunun büyük bir parçasını kaybetmemişsin. Gözlerin çocuk kalmış."

Bu sözler karşısında, bir frengi dispanserinde başdoktor olan arkadaşının neler söylediğini de şöyle aktarır Nâzım Hikmet: "Onu kaybettiğim gün yok olurum, dedi. Çocukluk, gövdemizi, beynimizin birçok yanlarını, yılların akışıyla ağır ağır bırakır. Tıpkı toprak bir kaptan suyun sızması gibi, çocukluk bizden sızar. Son barındığı yer gözlerimizdir. Gözlerim çocuk kalmışsa, bu ilk bakışta görülebiliyorsa ne mutlu bana. En korktuğum, en çekindiğim adamlar, gözlerinde bile bir damla çocukluk ışığı kalmamış olanlardır."

Çocukluk arkadaşının sözlerinden sonra Nâzım Hikmet, çocuk dünyasına duyarlı olan herkesin okuması gereken şu düşüncesini yazar: "Çocukluk arkadaşım doğru söylüyordu. Çocukluklarını bütün bütün kaybedenler, bir daha çiçek açmak gücü bütün bütün yok olan kurumuş ağaç gibidirler. Tahtalarından maroken koltuklara iskelet de yapılabilir, sobaya odun da olabilirler. Ancak bir damlacık çiçek vermezler bir daha!.."

Çocukluğu savunan, büyüklerin dünyası tarafından işgal edilmesine engel olan en büyük güç, hayal kahramanlarıdır. Çünkü Don Kişot, Süperman, Kül Kedisi, Robinson Crusoe, Peter Pan, Alice, Batman, Temel Reis, Ahab Kaptan gibi hayatımızı güzelleştiren çocukluk arkadaşlarımız gözlerimizin ışıltısında hâlâ yaşamaktadırlar. Bir hayal kahramanının filmini izlemek, çizgi romanını ya da kitabını okumak, çocukluk arkadaşlarımıza zamanlar ayırmaktır. Hayatımıza yön veren ailemiz, akrabalarımız ve arkadaşlarımızın yanında, hayal kahramanları da kişiliğimizin gelişiminde pay sahibidir. Hayal kahramanları, gözlerinin içine bakamasak, ellerini sıkamasak, bir kez olsun sarılamasak da bize çok şey katan ve öğreten en yakın arkadaşlarımızdır. Bu bazen, bir ad verdiğimiz oyuncağımız da olabilir.

Yurttaş Kane, Orson Welles'in 1941 yılında gösterime giren ilk uzun metrajlı filmidir. Eleştirmenler tarafından sinema tarihinin en başarılı on eseri arasında gösterilen film, Charles Kane adlı bir medya patronunun ölürken söylediği "Rosebud" sözcüğünün gizemini çözmeye çalışan bir gazeteci üzerine kurulur. Gazeteci, film boyunca patronu Kane'in söylediği bu sözcüğün anlamını onu tanıyan herkese sorar. Böylelikle seyirciler, filme de adını veren Kane'i, gazetecinin arayışı sırasında tanımaya başlar.

Filmin bir sahnesinde Kane'in genel müdürünün, "Rosebud"ın sırrını çözmeye çalışan gazeteciye söylediği şu söz, anahtar niteliğindedir: "İnsan hatırlayamayacağınızı sandığınız pek çok şeyi hatırlar." İşte bu söz, sözcüğün anlamını Yurttaş Kane'in hayatının derinlerinde olduğunun ipucudur. Gazeteci, Rosebud'ın ilk başlarda bir kadın ve yer adı olabileceği üstünde durur. Öyle ya, zengin bir adam çok sevdiği bir kadını ya da bir yeri ölmeden az önce hatırlamış olabilir. Para ve güç sahibi bir patronun hayatından böyle bir sonucun çıkması yanlış olmayacaktır.

Orson Welles, filmin sürükleyici sahnelerinin ardından seyirciyi çok duygusal bir finale ustalıkla hazırlar. Kane'in hayatı boyunca aradığı tek şeyin annesinin sevgisi olduğunu öğrendiğimiz filmde, Rosebud'ın anlamını bir şömine ateşinde öğreniriz. Charles Kane, son derece zengin biri olmasına karşın, çocukluk arkadaşı olan kızağını hiç unutmayacaktır. Son sahnede, Kane'in yakılmak üzere şömineye atılan eşyaları arasında kızağı da görürüz. Kızağın üstünde "Rosebud" yazmaktadır!

***

Ahmet Biricik, her yaz olduğu gibi 2013 yazında da, tatil amacıyla doğduğu yer olan Mersin'in Arslan köyüne gider. Toros Dağları'nın ormanlarında yürüyüşe çıktığı gün ağaçların kuytusunda bir çocuk kızağı ilişir gözüne. Biricik, eve dönerken kızağın sahibini bulmaya karar verir.

İşi zordur Ahmet Biricik'in. Çünkü kızağın üstünde, Yurttaş Kane filminde olduğu gibi "Rosebud" vb. bir ad yazmamaktadır. Günlerce tüm köy halkını gezerek, sonunda sahibini bulur elindeki kızağın. Toros Dağları'ndaki kızak, keçi sürüsü sahibi olan Turgut Yıldırım'ındır.

Turgut Yıldırım kızağıyla.

Babasının ona beş yaşındayken yaptığı ve ormanda kaybolan kızağına altmış yıl sonra kavuşan Turgut Yıldırım'ın gözlerindeki çocuk sevincini görmek, Ahmet Biricik'in hayatında aldığı en güzel ödül olur.

Amca Bey ve Yeni Zengin

Muhsin Ertuğrul'un 1935 yılında Bursa'nın Çal köyünde çektiği *Aysel Bataklı Damın Kızı*, sinema tarihimizdeki ilk köy filmidir. Müziğini Cemal Reşit Rey'in yaptığı filmin senaristi Nâzım Hikmet'tir. Filmde beyazperdenin ünlü bir kadın yıldızı da ilk kez kamera karşısına geçmiştir. Nâzım Hikmet'in, Selma Lagerlöf'ün bir hikâyesinden etkilenerek kaleme aldığı bu senaryo *Aysel Bataklı Damın Kızı*, Cahide Sonku'nun da ilk filmidir.

Nâzım Hikmet, 1936 yılının bir pazar günü, Cemal Nadir Güler'in karikatür sergisini görmek için Bursa'ya gider. Güney Özkılınç'ın *Nâzım'ın Bursa Yılları* kitabında yazdığına göre bu ziyaret, şairin Bursa'ya kelepçesiz gidip İstanbul'a kelepçesiz döndüğü son yolculuğu olacaktır.

Bursalı karikatürist Cemal Nadir'in hayal dünyamıza kazandırdığı ünlü çizgi roman kahramanı "Amcabey"dir. Sevenleriyle ilk kez 17 Ağustos 1929 tarihli *Akşam* gazetesinde buluşan Amcabey, halk tarafından öylesine sevilir ki, Güler bir serüveninde kahramanını kış günü paltosuz olarak çizince "Amcabey'i hasta mı etmek istiyorsun?" diye tepki alır.

Nâzım Hikmet, 23 Kasım 1935 tarihli Akşam gazetesinde yayınlanan "Bay Amca'nın Kuvveti ve Kusuru" başlıklı yazısında, Cemal Nadir'in çizgi roman kahramanıyla sinema

Amcabey

dünyasının ünlü bir karakterini karşılaştırır: "Bay Amca filozofide materyalisttir. Onun materyalizmi ile Şarlo'nunki arasında bir benzerlik vardır. İkisi de hayatı severler, ikisi de her şeyden önce maddeye inanırlar. Her ikisinin de bir tek kusuru vardır: Alaylarında septik oluşları. Onların ikisi de 'tenkit' ederler, fakat 'nasıl olması' gerek olduğunu göstermezler. İkisi de, bu bakımdan, yarı yolda kalmışlardır. Ve işte bunun için 'işin içinden nasıl çıkacağını' bilmeyen, kestiremeyen büyük bir çokluğun ruhunu ifade ederler."

1940 yılının Aralık ayında gelir Nâzım Hikmet Bursa'ya, elleri kelepçeli olarak. Şair, 9 yıl 4 ay sürecek Bursa Cezaevi yıllarında, senaryosunu yazdığı *Aysel Bataklı Damın Kızı*'nın çekimlerinde olduğu gibi, ülkesinin köylüleriyle ilk kez bir damın altında uzun süre yaşayacak, onların resimlerini yapacak, şiirlerini yazacaktır.

Nâzım Hikmet'in Bursa Cezaevi'ndeki ilk yılları İkinci Dünya Savaşı'na denk düşer. Bu dönemde Cemal Nadir, çizdiği "Yeni Zengin" ve "Ak'la Kara" karakteriyle savaş vurguncularını yererken, Nâzım Hikmet dört duvar arasında "Memleketimden İnsan Manzaraları"nı yazmaya devam etmektedir. Şair, bu eserinde Rusların eline düşen bir Alman esirini anlattığı dizelerinde, H. G. Wells'in bilimkurgunun ilk örneklerinden sayılan ünlü romanına gönderme yapar:

Fakat Alaman milleti
Hitler'e av köpekliğinde
ve İvan'ı şaşırtmakta devam etti.
Ve bu şaşkınlık sürdü ilk Alaman esirini görünceye dek.
Kızılordu erleri toplanmışlardı esirin başına.
Görülmedik bir alete bakar gibi bakıyorlardı yüzüne.
İvan da baktı.
ve bir daha hiçbir şeye şaşmamak üzre
hayretini oracıkta
eski bir diş fırçası gibi bıraktı.
Çünkü anladı ki İvan
karşısında duran
yarı hayvan, yarı insan
gelmişti Vels'in romanı Doktor Moro'nun Adası'ndan

Bursa Cezaevi'ndeki mahkûmlar, 7 Mayıs 1945 günü, radyodan şu haberi duyarlar: "Almanya kendi topraklarında kayıtsız şartsız teslim olmuştur." Haber, cezaevinin soğuk duvarları arasında bir sevinç dalgası yaratsa da, revirde görev yapan bir mahkûm sinir krizi geçirir. Hitler'in kaybetmesine kahrolan mahkûm, Alman casusu olmaktan hüküm giymiş bir teğmendir. Alman casusunun bu halini gören bir başka mahkûm, alaycı bir şekilde seslenir: "Casus teğmen şimdi tırnaklarını yiyor, onları bitirince bakalım ne yiyecek?"

Teğmen, kendisine sataşan mahkûma nefretle saldırır. Nâzım Hikmet kavgayı ayırmak için araya girer. Gardiyanların da gelmesiyle iki taraf ayrılır. Açılan soruşturma sonunda Nâzım Hikmet'e ve teğmene üçer gün hücre cezası verilir. Şairin, bu haksızlık karşısındaki sözlerini Kemal Sülker'in *Nâzım Hikmet'in Gerçek Yaşamı* adlı kitabından okuyoruz:

"Üç günlük tecrit cezasını bitirdik, Allah kahretsin böylesi cezayı, hiç yatmamıştım. Herifin tokadından zavallı genci kurtaralım derken başımıza, başımıza değil yanağımıza neler geldi? Almanya sevdalısı beyzadelerin yarattığı ortamda hiç yoktan yirmi sekiz yıl hapis yedik. Bu yetmemiş gibi, şimdi de faşizme, casusluğa teşebbüs edenlerin adam dövmelerine engel olduk diye hem faşistin iki sillesini yedik, hem üç gün tecride atıldık. Bu kadar kanunsuz, bu kadar adaletsiz işlem olur mu?"

Nâzım Hikmet neden hapse atıldı? Kimlerdir onunla uğraşanlar? Şair, bu soruların yanıtını yukarıdaki sözlerinde açıkça veriyor: "Almanya sevdalısı beyzadelerin yarattığı ortamda hiç yoktan yirmi sekiz yıl hapis yedik." Nâzım Hikmet, tutuklanmadan önce Hitler'in zulmü konusunda insanları uyaran, bilgilendiren bir kitap yayınlamıştır. Bu kitabın adı *Alman Faşizmi ve Irkçılığı*'dır. Kitabın yayınlandığı yıl 1936.

Şair ayrıca, Hitler'in 1936 Berlin Olimpiyatları'nı propaganda amacıyla kullanacağını bildiği için katılmamamız konusunda yazılar kaleme almıştır.

Dünyanın, siyaset tarihinde "barış" sözcüğünü en çok kullanan lider olan Hitler ile flört ettiği, sermayenin çıkar hesapları peşinde olduğu bir dönemde, Nâzım Hikmet kitabındaki şu sözle çok önceden geleceğe ışık tutmuş ve bu ışıktan rahatsız olan "Yeni Zengin"ler tarafından susturulmak amacıyla hapse atılmıştır: "Faşizmin dış politikası: HARPTIR."

İkinci Dünya Savaşı'nda Monopoly

İkinci Dünya Savaşı'nın en ateşli günlerinde, İstanbul Boğazı'ndaki Altınkum Plajı'na iki ceset vurur. Cesetlerden biri Alman, ötekiyse bir Rus subayıdır. Karadeniz'deki bir çatışmada ölen iki askerin cansız bedenleri dalgalar üstünde taşınır ve savaşta tarafsız bölge olan İstanbul'a ulaşır. Plaja gelen Rus ve Alman konsolosluğunun görevlileri, aralarında esen soğuk rüzgârlar nedeniyle birbirlerinden uzak dursalar da kıyıdaki cesetler sarmaş dolaştır. Bu ölü iki insan bedeni düşman değil de, yıllardır karşılaşmamış iki eski dost gibi birbirini hasretle kucaklamış haldedir.

Ruslar ve Almanların bakışlarında, görünmeyen mermiler uçuşmaktadır. Böylesine gergin bir ortamda her iki taraf da subaylarını almak için kıyıya yürümüş, cesetleri birbirinden çözmeye çalışırken, olup bitenleri denizdeki kayığının içinden seyreden Rum balıkçı Aleko seslenir: "Heeey! Ayırmayın onları. Görmüyor musunuz yahu, onlar kardeş olmuşlar!?"

Aynı dönemde, Berlinliler siren sesi duyar duymaz sığınaklara koşmaktadır. Kente düşen bombaların korkunç sesiyle sığınakta birbirine sarılan insanlar arasında bir genç kız ders çalışmaktadır. Kızın adı Jale İnan'dır ve arkeoloji eğitimini tamamlamak için Berlin'i terk etmemiş, savaşın ve açlığın ortasında bitirme tezini hazırlamaya çabalamaktadır.

Düşen bombaların etkisi öylesine güçlüdür ki, her seferinde sığınağın tavanından taş ve toprak parçaları dua eden insanların üstüne düşmekte, bu can pazarı içinde genç kız da, sarsıntıdan sönmesin diye bir elini ders notlarını aydınlatan mumun alevine siper etmektedir. Sonunda bir Alman kadın, Jale İnan'ın soğukkanlılığına isyan eder: "Nasıl bir insansın sen? Böyle bir durumda nasıl ders çalışabiliyorsun?"

Başını arkeoloji kitabından kaldıran Jale İnan, İkinci Dünya Savaşı'nda söylenen ama hiç bilinmeyen şu anlamlı söze imza atar: "Hanımefendi, sizin gibi bağırmakla bombaların yer değiştireceğine inansaydım, şu an en çok ben bağırırdım!"

İkinci Dünya Savaşı'nda, İngiliz istihbarat örgütü "MI 9", Almanlara esir düşen askerlerini kurtarmak için son derece zeki bir plan kurar: Masaüstü oyunları üreten John Waddington'a Monopoly oyunları yaptırılır. Oyun kutuları, İngiliz esirlerin ailelerinin kurduğu dernekler tarafından esir kamplarındaki yakınlarına gönderilir. Almanlar, esirlerin oyun oynamalarını destekler, çünkü oyunun başına toplanan İngiliz askerler sayesinde günler sorunsuz geçmektedir.

Naziler, esir kamplarındaki İngiliz askerlerin masaüstü oyunlarının yanında, futbol oynamalarına da izin verir. Auschwitz bölgesindeki esir kampında İngiliz esirler aralarında kurdukları İngiltere, İskoçya, İrlanda ve Galler takımlarıyla her pazar maç yaparlar. Galler takımının kalecisi Ron Jones, *Auschwitz Kalecisi* kitabında yıllar sonra nasıl bir oyuna alet olduklarını şöyle itiraf eder: "Bir propagandaya alet oluyorduk. Maç öncesi çekilen fotoğraflarda gülüyorduk. Bu Almanların hoşuna gidiyordu ve fotoğraflarla kamplarda her şeyin yolunda gittiği yalanına bizi alet ediyorlardı. Kızıl Haç da bu durumu raporlarına yazıyordu. Futbol, gerçekleri gizlemek için büyük bir paravan olarak kullanılıyordu."

1981 yılında çekilen, Pele, Bobby Moore, Deyna ve Ardiles gibi gerçek futbolcuların da rol aldığı *Zafere Kaçış*

Auschwitz kalecisi Ron Jones (ayakta, ortada).

filminde futbol, esir kampından kaçış planı için kullanılsa da, gerçekte tam aksi, kamplardaki işkenceyi, kötü koşulları, zulmü göstermemek için Ron Jones'un dediği gibi bir paravandı. Filmde, esirlerin kurduğu takımın kalecisi Sylvester Stallone penaltı kurtarır ama kaleci Ron Jones, kamplarda futbola izin verilmesiyle faşizmin oyunlarına nasıl alet edildiklerini günışığına çıkarır.

Oysa, esir kamplarından kaçış planlarında futbol topu değil, masaüstü oyunları başroldedir. John Waddington'ın İngiltere'nin Leed kentindeki fabrikasında üretilen on binlerce Monopoly esirlere dağıtılmak üzere kamplara gönderilir. Naziler, masaüstü oyunlarıyla esirleri uyuşturduklarını sanırken, kutuların içindeki gerçek haritalar, kaçış planları, pusula ve paralar İngiliz askerlerin eline geçmiştir bile!

Auschwitz Toplama Kampı'ndaki Andzia ve Wladyslaw Spigelmen çiftinin öyküsüyse, dünyanın en çok okunan çizgi romanlarından birine konu olacaktır. Spigelmen'ler, toplama kampına götürüleceklerini anlayınca, beş yaşındaki oğulları Rysio'yu teyzesinin yanına gönderirler. Kamptan kurtulan şanslı insanlardan olan çift, çocuklarını geri almak istedik-

lerinde acı gerçeği öğrenirler: Andzia'nın kardeşi Yahudi oldukları öğrenilince yakalanacakları korkusuyla ailesini ve Rysio'yu zehirlemiştir.

Spigelmen çifti yeni doğan erkek çocuklarına Arthur İsadore adını verir. Ama Arthur, adını zaman içinde "Art"a çevirir. Art Spigelmen, yirmi yaşına geldiğinde annesi intihar eder. Art, önce ırkçılık karşıtı bir çizgi romanda Afrikalıları fare, Ku Klux Klan üyelerini de kedi olarak çizmeyi düşünür. Sanatçı sonradan annesinin ve babasının da içinde olduğu, Yahudi soykırımını anlatan bir hikâyede karar kılar. Bunun için babasıyla uzun süren röportajlar yapar. 1992 yılında Pulitzer Ödülü'nü kazanan *Maus* adlı çizgi roman böyle doğar.

Art Spigelmen, kahramanlarının fareler ve kediler olduğu "Maus"u çizmeden, babasından annesinin toplama kampında yaşadığı acıları anlattığı günlüklerini ister. Babasının, annesi intihar edince günlükleri yaktığını öğrenince de haykırır: "Sen bir katilsin!"

Çizgi roman dünyasının vazgeçilmez hayal kahramanları olan fare ve kedi arasındaki en başarılı öykü olan "Maus"u okurken, Erich Fried'ın dizeleri hiç gitmez gözümün önünden:

Fare
Fare kapanında
Ölü bir kedi
Gördüğünden bu yana
Devrim planları yapmakta

Alıp Götürür Seni Cinler!

Dünyanın Noel Baba olarak tanıdığı hayal kahramanı, Thomas Nast tarafından çizilmiş olsa da, kırmızı yanaklı, koca göbekli, ak sakallı, "yaşlı bir cin"e benzeyen görünümü, şair Clement Clark Moore'un bir şiirinden doğmuştur. Meraklılar *Tuncay Terzihanesi* adlı kitabımızda Noel Baba'nın öyküsünü okuyabilirler. Biz, şiirden doğan ama Türkiye'de pek tanınmayan bir başka hayal kahramanının elinden tutalım.

Çocuk şiirleriyle tanınan ABD'li şair James Whitcomb Riley, yetim bir kız için 1885 yılında bir şiir yazar. Mary Alice Allie Smith adındaki kız çocuğuna yazılan şiirden bir bölümü okuyoruz:

Küçük yetim Annie bizim evde kalırdı
Bardakları, tabakları yıkar, silerdi yemek masasını,
Kapının önündeki tavukları kışkışlar, toz alır, etrafı süpürürdü
Ocağı yakar, ekmek yapar, hem de kazanırdı hayatını
Akşam yemeğinden sonra, bütün çocuklar
Mutfakta ocağın etrafına oturur, çılgınca eğlenirler
Annie cadı masalları anlatır, dinlerdik biz
Masalın sonunda derdi hep,
"Bak dikkat etmezsen, alıp götürür sonra seni cinler!"

Karikatürist Harold Gray, şiirden ilham alarak "Küçük Yetim Annie"yi yaratır. Annie ve köpeği Sandy'nin serüvenlerini anlatan çizgi roman ilk kez 1924 yılında, *New York Daily News* gazetesinde buluşur okurlarla. Annie, üvey babası Warbucks ile yaşamaktadır. Pinokyo ile Geppetto Usta arasındaki öykü gibi, Annie serüvenlerinde babasını kaybedip bulmaya çalışır.

Gray, gözlerinin içini boş olarak çizer Annie'yi. Bunun nedeni sorulduğundaysa bir anlam ifade etmediğini söyler.

Annie'nin kızıl kıvırcık saçları ve içi boş gözleriyle cadıyı andırdığını söyleyenler çıkar. O yıllarda kızıl saç aptallığın simgesidir. Çizgi roman kahramanı bir kızın saçlarıyla aynı renge sahip olan kızıl saçlı kadınlar "aptal" imajından kurtulduklarını sansalar da, 1929 yılında bir serüveninde Annie'nin peruk taktığını okuduklarında kızılca kıyamet kopar. Peruk haberi öylesine büyük bir yıkım yaratır ki, Amerika'nın her yerinden birbiri ardına kızıl saçlı kadınların intihar ettiği haberleri gelir. O yıl, borsanın aniden çöküşünün ardından büyük ekonomik krizin patlamasıyla da, tarihin bu en garip toplu intihar olayı unutulur.

Walt Disney'in hayal kahramanları kapitalizm propagandası yaptıkları için eleştirilirler. Pek çok insan, Uruguaylı yazar Eduardo Galeano'nun şu düşüncelerini paylaşır: "Walt Disney'in resimli dizileri Şili'den bütün Güney Amerika'ya dağılıyor ve milyonlarca çocuğun ruhuna işliyor. Donald Duck, Allende ve Allende'nin kızıl dostlarına açıkça karşı çıkmıyor; buna gerek yok. Disney'in dünyası zaten kapitalizmin cana yakın hayvanat bahçesidir: Ördekler, fareler, köpekler, kurtlar, domuzcuklar ticaretle uğraşıyor, alım ve satım işleri yapıyor, reklamlardan etkileniyor, kredi alıyor, faiz ödüyor, kâr yapıyor, bağış hayalleri kuruyor ve daha çok şey edinip daha çok şeye sahip olmak için kendi aralarında yarışıyorlar."

Disney'in hayal kahramanlarına yapılan bu eleştiri nedense Batman'e yönetilmez. Oysa, Batman olarak bilinen Bruce Wayne, son derece zengin bir adamdır. Süper güçleri yoktur ama parası sayesinde kendisini zafere taşıyan gelişmiş araçlar ve silahlar alabilmektedir. Serüvenlerinin sonunda Batman'in kazanmasının nedeni bankalardaki hesabını bilmediği dolarlarıdır. Batman'de mutlu sona ve başarıya ulaşan gücün kaynağı paradır!

Oysa, kapitalizmin açıkça övüldüğü çizgi roman Küçük Yetim Annie'dir. Annie'nin üvey babası Warbucks eli açık bir iş adamıdır. Onun eli açıklığını Riley'in şiirinin son dizelerinde buluruz:

Küçük yetim Annie demiş ki,
Ateş maviye dönünce ve fitili titreyince kandilin
Ve rüzgâr 'vooooo' diye esmeye başlayınca,
Ve cırcır böcekleri susup ve rengi kırlaşırken ayın
Ve akşam, kaçırmaya başlayınca ateş böceklerini
Annenizin, babanızın ve öğretmeninizin dinleyin sözünü
Onları sevin ve basın bağrınıza
Yardım edin etrafınızdaki kimsesizlere ve yoksullara
"Yoksa alıp götürür seni cinler!.."

Annie'nin üvey babası Warbucks, savaşta zengin olmuş bir fırsatçıdır! Harold Gray, çizgi romanında kapitalizmin savaş vurguncularını açıkça savunur. Çizgi romana politika sokulmaması geleneğini ilk yıkan çizer olan Gray, Cumhuriyetçileri desteklediğini her fırsatta söyler. Küçük yetim Annie'nin bir serüveninde komünizme karşı olduğunu da açıkça dışavurur.

Harold Gray, 1968 yılında gözlerini hayata kapar. Gray öldüğünde, küçük yetim Annie de, çizdiği üvey baba Warbucks gibi bir dolar milyoneridir. Gray'dan geriye banka hesabındaki dolarlar ve yaşamı süresince vurgunculuğa çanak tuttuğu iki dünya savaşındaki milyonlarca yetim çocuk kalır!

Vietnam Savaşı'nda Bir Hayal Kahramanı

Serüvenlerinde Süperman'i yenen bir kişi vardır. O da, dünya ağır sıklet boks şampiyonu Muhammet Ali Clay'dan başkası değildir!

Uzayın derinliklerinde yaşayan "Scrubb"lular savaş gemileriyle dünyaya gelirler. İnsanlığın çok hızlı geliştiğini ve tehdit oluşturduğunu söyleyen uzaylılar, Muhammet Ali'ye kendi şampiyonlarıyla boks maçı yapmayı önerir. Üstünlüklerini ispat etmek için yaptıkları öneriye Süperman, en güçlü dünyalının Muhammet Ali değil, kendisi olduğu gerekçesiyle karşı çıkar. Muhammet Ali, Kriptonlu olduğunu söylediği Süperman'den şu yanıtı alır: "Ben dünyaya aitim. Birleşmiş Milletlere dahil her devletin fahri vatandaşıyım."

Uzaylılar, kendi şampiyonlarıyla karşılaşmadan önce, dünyayı temsil edecek boksörün belirlenmesi için Muhammet Ali ve Süperman'in maç yapmasını kararlaştırır. Maç uzayın derinliklerinde, Süperman'in güçlerini etkisiz hale getiren Kırmızı Güneş'in etkisi altında gerçekleşecektir.

Tribünlerde değişik gezegenlerden gelen uzaylıların oturduğu maçın sonunda, ringin ortasında nakavt olmuş, yerde yatan bir boksör görürüz! Muhammet Ali, baygın halde yatan Süperman'i kaldırmak isteyen Scrubblulara bağırır: "Çekilin oradan. Kirli ellerinizi üzerinden çekin. Onunla biz ilgileneceğiz. Bizim dünyamıza geliyorsunuz, bizi tehdit

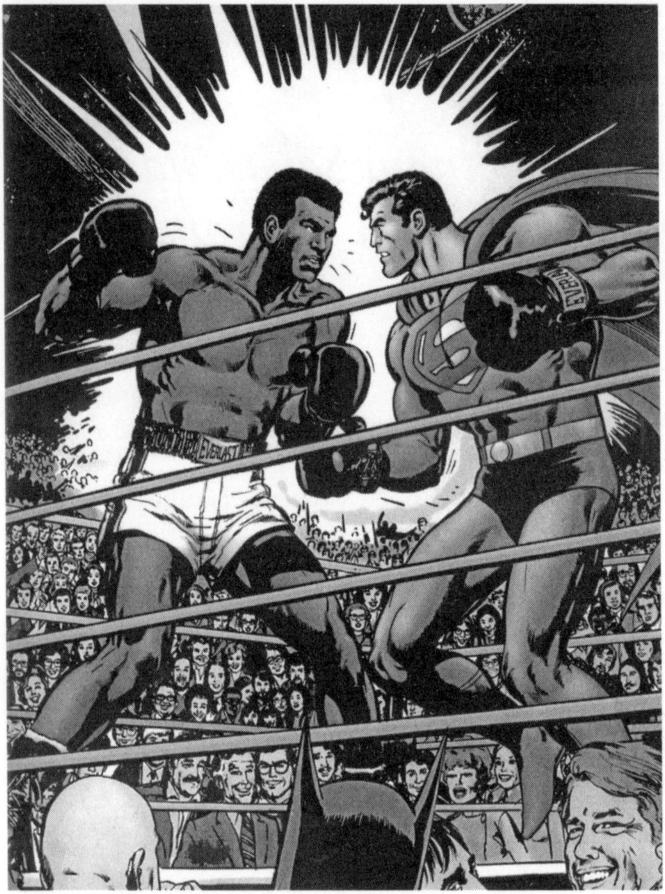

İki süper güç karşı karşıya.

ediyorsunuz. Her dediğinizi bize yaptırıyorsunuz. Şimdi sizin yardımınızı istemiyoruz."

Dünyayı temsil edecek en güçlü insan olma unvanını Süperman'i yenerek kazanan Muhammet Ali, uzaylıların boks şampiyonu "Hun'ya"ya ringi dar ettiği sırada, Süperman de, Scrubbluların kötü imparatorunu saf dışı ederek tehlikeyi ortadan kaldırır. Bu arada Hun'ya, boks maçı esnasında kendilerine kötü olarak tanıtılan dünyalıların adil ve iyi niyetli olduklarını gördüklerini söyleyerek son yumruğu imparatoruna indirir. Serüvenin sonunda Muhammet Ali, el sıkıştığı Süperman'e şunu söyler: "Süperman, dünyada en büyük biziz."

Gerçek hayatta Muhammet Ali'nin düşünceleri ve tavrı Süperman'den taban tabana zıttır. Muhammet Ali'yi Vietnam'a savaşa göndermek istediklerinde, o ABD emperyalizminin çıkarları için üniforma giymeyi reddeder. Boksun kahramanı, Amerikalılara hiçbir kötülük yapmamış olan Vietnamlılara karşı düşmanlığının olmadığını açıklar. Oysa Süperman, serüvenlerinde her zaman Amerika'nın sömürge politikalarının savunucusu olmuştur. Muhammet Ali, dünya şampiyonluğu geri alınsa, boks yapması engellense, para ve hapis cezasına çarptırılsa da düşüncelerinden asla geri adım atmaz.

Pek çok Amerikalı, Vietnam Savaşı'na gerekliliğine inandığından değil, yaşamını sürdürmek için askerlikten alacağı paraya muhtaç olduğundan dolayı katılmıştır. Bu askerlerden biri de, bir çizgi roman kahramanıdır! Hayır, savaşan bir Amerikan birliğinin maskotundan ya da sembolünden söz etmiyorum. Bir çizgi roman kahramanı, eline silah alarak kanlı ve canlı olarak Vietnam'da savaşmıştır. Onun künyesinde "Dennis Ketcham" yazmaktadır. Kim midir bu hayal kahramanı asker? Arif Damar'ın Vietnam'daki çocuklar için yazdığı şiirin son dizelerini okuduktan sonra verelim bu sorunun yanıtını:

Ağlamayı bilmiyor Vietnam
şiir ne ki
gözyaşı
çocuklar doğmadan ölüyor
git Vietnam'da ana ol

Henry King Ketcham, daha altı yaşında bir çocukken çizgileriyle tüm dikkatleri üstüne çekmiştir. Ketcham, Walt Disney'in yanında çalışırken Pinokyo, Donald Duck ve Bambi gibi çizgi filmlere imza atan ekiplerin içinde görev alır. Alice adlı bir kadınla evlenen çizer, 1944 yılında dünyaya gelen oğluna "Dennis" adını verir. Bir gece Alice, kocasının çalışma odasının kapısını sinirli bir şekilde açarak, uyumayan dört yaşındaki çocuklarından şikayetçi olur: "Senin oğlun bir haylaz!"

Ketcham, bu olaydan bir hafta sonra oğlunun yaramazlıklarını anlatan bir çizgi roman hazırlar. Serüvenlerin başrolünde adı ve yüzüyle oğlu vardır. Hayal dünyasının en ünlü çocuk kahramanlarından biri olan "Dennis the Menace" (Haylaz Dennis) işte böyle doğar.

Ketcham Ailesi.

Türkiye'de "Cici Can", "Bacaksız", "Yumurcak", "Afacan" gibi adlarla yayınlanan Dennis'in maceralarını Henry King Ketcham, çocuğunun yaramazlıklarını gözlemleyerek çizer. Öyle ki çizgi romandaki Dennis'in annesinin adı, gerçek hayatta olduğu gibi Alice'dir. Yaramaz ve bir o kadar da sevimli bir çocuk olan Dennis sarı saçları, çilli yüzü ve kırmızı tulumuyla kısa sürede tüm dünyanın sevgilisi olur. Oysa, insanların maceralarını sabırsızlıkla beklediği Dennis, gerçek hayatında, bir çocuğun karşılaşacağı en büyük ve en korkunç acıları yaşamaktadır!

Dennis'in annesi Alice uyuşturucu bağımlısıdır! Annesini on iki yaşında kaybeden Dennis, babası tarafından yatılı bir okula gönderilir. Oğlunu terk eden Ketcham, Cenevre'ye yerleşir ve oğluyla tek bağı, gönderdiği harçlık olur. Ketcham oğlunu ne arar ne de sorar ama Dennis, çalışma masasında çizdiği kâğıtlardadır her gün. Oğlunu çizerek artırdığı servetine bir de televizyon dizisinden kazandıklarını ekler. Tüm dünya Dennis'e gülerken ve babası çizgi roman ve de televizyon dizilerinin geliriyle bolluk içinde yaşarken, Dennis Ketcham girdiği tüm okullardan psikolojik sorunları nedeniyle atılır. İş konusunda tüm kapılar yüzüne kapanan Dennis'i, Vietnam Savaşı'nın o korkunç sahneleri içinde görmemizin tek nedeni, her ay hesabına yatan askerlik maaşıdır. O sırada oğlunun çizgi romanlarıyla şöhrete kavuşan Henry King Ketcham, söyleşilerde çocuğu sorulunca şu yanıtı verir: "Oğlum mu? Bilmem, galiba doğuda bir yerlerde kendi işini yapıyor. Yaşamımdaki bu kısa bölüm artık kapanmıştır. Böylesi olaylar her ailede yaşanabilir."

Vietnam'dan ülkesine dönen "Bacaksız"ın zaten bozuk olan psikolojisi savaş sendromunun eklenmesiyle iyice kördüğüm halini alır. İki evlilik yapan Dennis, öldüğünde yokluk ve sefalet içindedir.

81 yaşında, refah içinde ve uykusunda ölen Henry King Ketcham, bir konuşmasında iddialı sözler sarf eder: "Gelecek kuşaklar beni o çizgi bantlarda bulamayacak. İnsanlar ona otuz saniye bakıyor, sonra da o gazeteye balık sarıyorlar."

Ketcham, hayatının son yıllarında yaptığı resimlerle anılacağını sansa da, tüm dünya onu hâlâ "Dennis the Menace"ın çizeri olarak tanımaktadır!

İşgal Yıllarının Gizli Kahramanı

Fenerbahçe'ye adını veren deniz fenerinin rengi her ne kadar beyaz olsa da, işgal yıllarında, Ankara'daki meclis kürsüsünün üstüne serilen örtü gibi karalara bürünmüştür. Bunun nedeni, ülkenin sömürgeciler ve onların işbirlikçilerinin çizmeleri altında çiğnenmesini protesto etmek değildir.

Müfid Ekdal Ustamızdan oyuncak müzesindeki bir sohbetimizde öğrendiğim bu pek duyulmayan bilgiye göre, Fenerbahçe burnuna İngiliz ordusunda görev yapan Hint askerleri çadır kurmuştu. Hintliler ölen askerlerini gömmüyor, yakıyorlardı. Deniz fenerinin dibinde yapılan cesetleri yakma işleminden yükselen duman, feneri kan emen vampir Drakula'nın siyah pelerini gibi sarmıştı.

İşgal yıllarını yaşamış olan ve göğsünde İstiklal Madalyası taşıyan Büyük Ethem Pehlivan, Arap Halit, Babanın Ağzını Yiyem Azamat, Çamlıcalı Haydar ve Usta Kemal gibi direnişçiler Üsküdar kahvehanelerinde hayat öykülerini yıllarca anlatmışlardır. 1960'lı yıllarda İstanbul'un haksızlığa, adaletsizliğe, sömürüye başkaldıran bu gözü pek külhanbeylerini dinleyen gençlerden biri de Haldun Sevel'dir. İlkokul yıllarından beri tek sayfalık resimli romanlar çizen ve romanlarındaki öyküleri arkadaşlarıyla birlikte boş arsalarda canlandıran Sevel, yanında çalıştığı karikatürist Mustafa Eremektar'ın isteği üzerine bir resimli roman hazırlar. Yetenekli

gencin çizgilerini *Gün* gazetesine götüren Eremektar, büyük bir müjdeyle döner: Haldun Sevel'in karakteri Usta Kemal'in çizgi romanı gazetede sürekli olarak yayınlanacaktır. Fakat, Sevel'in bilek güreşi yaptığı Üsküdar kahvehanelerinden tanıdığı Usta Kemal'in adı, yazı işleri müdürü tarafından "Ustura Kemal" olarak değiştirilmiştir.

Ustura Kemal, işgal yıllarının İstanbul'unda yaşamış olan gerçek bir külhanbeyidir. 1972 yılının Temmuz ayında okurla buluşan Ustura Kemal'in çizgi romandaki yüzü de, Haldun Sevel'in portresidir. Sevel, çizgi romanlarında arkadaşlarının yüzlerini çizer. Bunlar arasında tanıdıklarımız da vardır. Örneğin, Ustura Kemal'in "İsimsiz Kahramanlar" adlı serüvenindeki General Harrington, gazeteci Ertuğrul Özkök ve "Şeref Sözü"ndeki casus Gulam Resul da ünlü yerbilimci Prof. Dr. Şener Üşümezsoy'dan başkası değildir.

Haldun Sevel, Şener Üşümezsoy'u Hintli olarak çizer serüveninde. Çizgi romanın sonlarına doğru, işgal sırasında direnişçilerin toplandığı ve Anadolu'ya yardım gönderilen yerlerden biri olan Üsküdar'daki Özbekler Tekkesi, aralarında Hintlilerin de bulunduğu İngiliz askerleri tarafından basılır. Ustura Kemal, tekkenin arkasındaki mezarlıkta pusu kuran Hintli casusu "iskele babası gibi" koluyla boğarken şunu söyler: "Sorunları kılıçla çözenler, kılıçla yok olurlar."

Haldun Sevel'in gerçek öykülerden yola çıkarak yarattığı hayal kahramanı Ustura Kemal'in serüvenlerinin yaşandığı yıllarda İngilizler, İstanbul'da tavukların ayaklarından tutulup baş aşağı taşınmasını hayvanlara zulüm ediliyor gerekçesiyle yasaklasalar da, karakol basıp Türk askerlerini öldürmekte bir sakınca görmüyorlardı. İşte bu karanlık dönemde işgal güçlerine karşı direnen bir çete de Beyoğlu'nda çıkar karşımıza.

On yedi on sekiz yaşlarındaki gençlerin kurduğu çetenin ne tür eylemler yaptığını aralarından birine kulak vererek öğrenelim: "Güçlü kuvvetli bir gençtim. Çetenin reisiydim. Hastalığımdan eser kalmamıştı. Bahriye'den ve Galatasaray'dan gönlü vatan ve millet sevgisiyle dolu arkadaşlarla birlikte hava kararınca şehrin arka sokaklarına çıkıyor; yanlarında gayrimüslim kızlar veya sokak aşüfteleriyle gezinen sarhoş işgal askerlerinin namuslu Türk kadınlarına musallat olduğunu gördüğümüzde bunları kıstırıp bir güzel pataklıyor, hatta silahlarını bile alıyorduk. Hele, sakallı ve sarıklı, İngiliz maşası Hintlileri korkutup kaçırmaya bayılırdık."

Çete, bir gece Tophane civarında Hintli askerleri kovalarken, Erzincanlı bir fırıncı onları dükkânında gizler ve karınlarını doyurur. Fırıncı, çete üyelerinin okumuş gençler olduğunu görünce, sokaklarda düşman askeri kovalamakla bu işin olmayacağını, Mustafa Kemal Paşa'ya katılmayla ne denli doğru bir yol izleyeceklerini anlatır.

Çete reisi, amacının bu olduğunu ama Kuvayi Milliye'ye katılmanın yolu yordamını bilmediğini, elinden ancak şiir yazmak geldiğini söyleyince, Erzincanlı fırıncı "Bu iş tamam o halde" der, "Ankara yazdıklarını muhakkak izliyordur. Sen şiirlere devam et. Onlar gelip seni bulurlar." Bu sohbetten kısa bir süre sonra *Alemdar* gazetesinde, kolları kesilen bir esiri anlatan şiiri yayınlanır genç şairin. Şiir şu dizelerle son bulur:

Bıraktığı baltayı cellat alırken yerden
Meydana gölgeleri yakınlaşan göklerden
Haykırıldı bir büyük şanlı mazinin yâdı
Birden balta esirin elinde parıldadı!..

Şiirde anlatılan, bağımsızlık için eyleme geçen devrimci ruhtur. Kısa bir süre sonra Haldun Sevel'in Ustura Kemal'de korkusuzca direnişlerini anlattığı Ankara'nın adamları genç şairi bulurlar ve kendisine hazır olması söylenir. Çok geçmeden de yürekli genç Anadolu'ya doğru yola koyulur.

Fenerbahçe burnundaki deniz fenerine bakıp yakılan Hintli askerlerden dolayı kapkara olduğu işgal yıllarını gören yok artık.

Haldun Sevel'in, işgal altındaki İstanbul'da bir külhanbeyinin maceralarını anlattığı Ustura Kemal'de, Hintli casus olarak yerbilimci Prof. Dr. Şener Üşümezsoy'u çizdiğini fark eden de çok azdır.

Beyoğlu'nun arka sokaklarında Hintli asker kovalayan ve işgal güçlerinin bayraklarını indiren çete reisinin Nâzım Hikmet olduğunu bilense "Hint kumaşı" gibi az bulunur!

Sessizliğin Sonsuz Güzelliği

Karadeniz Ereğli'de insanlık tarihinin en önemli mezarlarından biri vardır. "Burası bir sükûn şehridir" sözüyle başlayan mezar taşındaki yazı şöyle devam eder: "Mezarlar, insanların en son evleridir ve en son duvarlarıdır. Onlar bedenlere evlerden daha sadıktırlar." Mezar taşını değerli kılan sadece arkeolojik değeri değil, yazısındaki şu bilgidir: "O ki, dönüp duran bir trajedinin ilk zafer çelengini kazanmıştır. Dünya bu pantomimciye hayran kalmış, onu övmüş ve tiyatronun altın çiçeği olarak kabul etmiştir."

Mezarın sahibi Krispos bir pantomim sanatçısıdır. Mısırlı sanatçı gösteriler yapmak için geldiği Karadeniz Ereğli'de (Herakleia Pontika) bilinmeyen bir nedenle son nefesini verir. Krispos öldüğünde yirmi dokuz yaşındadır.

Dünyanın en eski sanatlarından olan pantomime İstanbul'da da rastlarız. 330 yılından 1000'li yıllara kadar, ortasında Mısır'dan getirilen Dikilitaş'ın bulunduğu Hipodrom'un yakınındaki bir sokak, erotik sahneler içeren pantomim gösterileri yapılan tiyatrolarıyla ünlenir. Günümüzde kullandığımız "porno" sözcüğü adını bu sokaktan alır. "Pornai Sokağı"nın yerinde, günümüzde Asmalıçeşme Sokağı vardır.

Sözsüz oyuna dayalı bir gösteri türünü tarif eden "pantomim" sözcüğünün doğuşu, doğanın efendisi "Pan" ile

Krispos'un Karadeniz Ereğli'deki sonsuz sessizliği.

"yansılayan" anlamındaki "mimos" sözcüklerinin bir araya gelişiyle olmuştur. Pantomim, bu iki sözcüğün evlenmesiyle "doğayı yansılayan" anlamını taşır. Sinema, sessiz olduğu ilk yıllarda sırtını tamamen pantomim sanatına dayamıştır. Bu yıllarda akıllara ilk gelen, elbette Charlie Chaplin'in yarattığı ölümsüz karakter Şarlo'dur. "Sesli sinema doğdu, sinemanın şiiri öldü" diyen Charlie Chaplin 1928'de şunu söyler: "Sesli sinema mı? Nefret ediyorum! Sesli sinema dünyanın en eşsiz sanatını berbat etti. Yani pantomim sanatını. Sessizliğin o sonsuz güzelliğini bozdu."

Charlie Chaplin'in ustası kimdir? Yanıtı sanatçının kendisi veriyor: "Annem olmasaydı böylesine bir pantomim sanatçısı olamazdım. O, gördüğüm en iyi pantomimciydi. Bütün gün camın önünde durur, yolda olup biteni izlerdi. Ve ben onu seyrederek, yalnız duyguları ellerimle yüzümle yansıtmayı değil, aynı zamanda insanları incelemeyi de öğrendim. İşte annemin bana öğretebildiği en değerli şey bu izleme, inceleme gücüydü."

Osmanlı'da pantomim sanatının varlığından bizleri haberdar eden yazılardan biri de Samipaşazade Sezai'nin kaleminden çıkmıştır. Yazar, Haseki semtinde pantomim gösterisi yapan Paskal'ın cuma ve pazar günleri yaptığı gösterilerden birini izler. Seyirciler en çok sanatçının dilini çıkardığı sahneyi sevmektedir. O sahne geldiğinde salonda kahkaha tufanı yankılanır.

Paskal, kendisini izlemeye gelen Eftelya adlı kıza âşıktır. Oyun bitip evine dönerken elinde sevdiği kızın sahneye attığı çiçekler vardır. Eftelya iki hafta gösteriye gelmeyince bir kurt düşer sanatçının yüreğine. Çok geçmeden de Paskal'ı yıkan haber duyulur, sahnede gözlerinin içine baka baka gösteriler yaptığı genç kız evlenmiştir. Ve o cuma Eftelya gösteriye kocasıyla gelir!

Samipaşazade Sezai, pantomim sanatçısının öyküsünün sonuna hüzünlü bir sahne koyar: "Ertesi sabah öğleden sonra kapısını kıracak gibi vuran ihtiyar Rum karısı hiçbir cevap alamayınca korku ve telaş ile mahalleden topladığı adamlarla kapıyı kırıp odaya girdiler. Odaya girer girmez herkes gülüşmeye başladı. Zira Paskal asılmış bir adam takliti yaparak, o meşhur maharetiyle dilini çıkarmıştı!. Hayatında herkesi güldürdüğü halde ölümünde kimseyi ağlatmayan zavallı Paskal'ın bu seferki hali taklit değil, ölüm gibi gerçekti."

Türkiye'de pantomim sanatının ustalarından biri de Oğuz Aral'dır. Karikatür sanatının ölümsüz ismi Aral, kurduğu *Sözsüz Oyun* adlı tiyatroda 1960-64 yılları arasında pantomim gösterileriyle seyircilerin hayranlığını kazanır. Oğuz Aral'ın yarattığı, düşüncelerini ve duygularını bedeni ve yüz ifadesiyle anlatan konuşamayan çocuk karakteri olan Avanak Avni, sanatçının pantomim sanatına duyduğu sevginin çizgiye yansımasıdır.

Pantomimin ustalarından, "Türkiye'de en çok icra edilen sanat mimdir. Çünkü kimse konuşmuyor" diyen Ulvi Arı, *Pantomime Drama* kitabında Erol Günaydın'ın bir anısına yer verir: "1958 yılında, Dormen Tiyatrosu'nda oynarken, Fransız pantomimci geldi. Sonra Altan Erbulak'la bana pantomimi gösterdi ve biz hepimiz lunaparkta bebekler olduk. O bize top atıyordu, biz düşüyorduk. Sonra Oğuz Aral da katıldı bize."

Pantomim sanatında üç usta: Altan Erbulak, Oğuz Aral ve Erol Günaydın... Düştüler hayat sahnesinden birbirleri ardına!

Tavan Arasından Doğan Kahramanlar

Hayal dünyasını besleyen mekânlardan biri de, gizem dolu kokusuyla evlerdeki tavan aralarıdır. Mimarideki duruşuyla tavan arası, o evde biriken anıların hafızası konumundadır. Bavul, dikiş makinesi, koltuk, radyo, şapka kutusu, sandık, bisiklet, sallanan tahta at... Tavan arasındaki tüm eşyalar macera dolu bir filmin dekoru gibi oyuncuları bekler. Filmlerde bir kanun kaçağı da oraya gizlenir, uzaydan gelen yaratık da. Ve onlara yardım eden, korkmayan bir kişi vardır: Evdeki çocuk!

Çünkü hayal dünyasının zenginliğiyle her çocuk gerçek bir kahramandır. Bu nedenle, büyüklerin gerçekçi dünyasının çok ilerisinde olan çocuk, gelecekteki uygarlığın habercisidir. Büyükler için dar, tozlu ve karanlık bir yer olan tavan arası, çocuğa okyanus kadar derin, yeni bir oyuncak kadar temiz ve de gökyüzündeki yıldızlar kadar aydınlık görünür.

Çocukluğumda okuduğum *Ayşegül Tavan Arasında* kitabındaki bir resmin içine kaç kere girip çıktığımı anımsamıyorum. Kitabın kahramanı Ayşegül'ün arkadaşlarıyla birlikte tavan arasında oynadıkları resmin altında şu yazı, hiç çıkmaz aklımdan: "Ayşegül'le Can, böyle yağmurlu, fırtınalı havalarda tavan arasında oynamayı çok severlerdi."

İstanbul Oyuncak Müzesi'ni hazırlarken, bir filmin heyecanına bedel çocukluğumun o tek kare resmini tarihi köşkün tavan arasında kurmaya karar vermiştim. Yağmurlu ve fır-

tınalı havalarda müzenin tavan arasındaki eşyalar ortasında geçirdiğim saatlerde asla yalnız değilimdir. Hayal dünyamın tüm kahramanlarıyla orada buluşur, konuşur ve bir sonraki yağmurda buluşmak üzere ayrılırız.

Hayal dünyasının en çok sevilen iki kahramanı, tavan arasından doğmuştur. Bunlardan ilki Amerikalı Johnny Gruelle'in öyküsüdür. Resim, müzik, karikatür ve edebiyat alanlarında çalışmalar yapan çok yönlü bir sanatçı olan Gruelle, kızı Marcella ile yaşlı annesini ziyarete gider. Sanatçı annesiyle sohbete daldığında, küçük kız babaannesinin eski eşyalarının konulduğu tavan arasına çıkar. Marcella, üstünde bir parmak toz olan, elbisesiz bir bez bebekle geri gelir. Karikatürist baba boya kalemleriyle bez bebeğin solgun yüzüne kırmızı kalemle iki göz, üçgen bir burun ve tebessüm eden bir ağız çizer. O esnada babaanne de çocukluğunun unutulan arkadaşına yeni bir elbise diker.

Johnny Gruelle, çocuğunun yeni oyun arkadaşına sevdiği şair James Whitcomb Riley'in iki şiirinden ilham alarak

"Raggedy Ann" adını koyar. İngilizce "rag" sözcüğü bez, "raggedy" ise rüküş anlamına gelir. Marcella her gece, adını şiirden alan oyuncağı Raggedy Ann'e sarılarak uyurken, babası da yatağın başucunda kahramanın bez bebek olduğu hikâyeler anlatır. Bu mutlu tablo Marcella'in, on üç yaşında yapılan çiçek aşısının ardından hayatını kaybetmesiyle sona erer. Gruelle, biricik kızının acısını ona yatağının başucunda anlattığı "Raggedy Ann" hikâyelerini kitaplaştırarak gidermeye çalışır. 1915 yılında oyuncağın patentini alan yazar, beş yıl sonra da ona arkadaş olması için erkek bebek Raggedy Andy'yi üretir. Raggedy Ann ve Raggedy Andy, çocuk kitapları ve oyuncak dünyasının en çok sevilen hayal kahramanları arasına adlarını kısa sürede yazdırır.

Tavan arasında bulunan ikinci hayal kahramanının hikâyesi, İngiliz karikatürist ve yazar Florence Kate Upton'un kaleminden doğar. Kate Upton, halasının tavan arasında bulduğu bez bebeğe "Golliwogg" adını koyar. Yazarın çalış-

Golliwogg'un doğduğu kitap.

ma masasının köşesine koyduğu Afrikalı bu bez bebek, yazdığı yeni kitabın da ilham kaynağı olur. 1895 yılında, Kate Upton'ın kitapçı raflarında yerini alan kitabının kapağında kırmızı pantolonu, kırmızı papyonu, beyaz gömleği ve mavi ceketiyle yer alan Golliwogg, hikâyenin de başkahramanıdır. *İki Hollandalı Bebeğin Maceraları* adlı kitap, Noel gecesi bir oyuncakçı dükkânında oyuncaklar arasında düzenlenen eğlenceyi anlatmaktadır. Çocukların birbiri ardına yayınlanan kitaplara gösterdiği ilgi üzerine ünlü Alman oyuncak firması Steiff, Golliwogg'un oyuncağını üretir. Adındaki g harfinden biri silinerek satışa sunulan bez bebek, o yıllarda çocukların gözdesi oyuncak ayının en büyük rakibi olur.

Kara tenli bez bebek Golliwogg, 1955 yılından sonra büyük bir direnişin içinde bulur kendini. Amerika Birleşik Devletleri'nin güney eyaletlerinde siyahlar otobüslerin arka kapısından binip arka koltuklara otururlarken, ön kapı ve koltuklar beyazlara aittir. Alabama eyaletinde yaşayan Rosa

Louise Parks, önlerde yer bulamayınca yanına gelip kalkmasını isteyen beyazın sözünü dinlemez. Şoförün de uyarısını kulak arkası eden Parks, otobüste bir beyaza yer vermemek suçuyla tutuklanır ve hapse atılır.

Ayrımcılığı protesto eden Afrika kökenli yurttaşlar bir yıl otobüslere binmeyerek her yere yürüyerek gidip gelme kararı alırlar. Federal Mahkeme otobüslerdeki uygulamayı kaldırsa da, Alabama Valisi kara tenlileri üniversite eğitiminden mahrum etmek gayreti içindedir. Kıvılcımını Rosa Louise Parks'ın bir otobüste başlattığı bu süreç, ırkçılığa karşı direnen Martin Luther King gibi gerçek bir kahraman doğuracaktır.

Tavan arasından doğan bez bebek Golliwogg, ırkçılık karşıtı hareketin simgelerinden biri olur. Ku Klux Klan yanlılarının hedefi haline gelen Golliwogg'un üretimi ve satımı pek çok yerde engellenir. Kara tenli insanların haklarını savunan pek çok aydın insanın kapısına gözünü korkutmak amacıyla parçalanmış Golliwogg bebeği bırakılır. Afrika kökenli yurttaşların 1964'te çıkan yasayla haklarına kavuşmasıyla Golliwogg yeniden oyuncakçı vitrinlerindeki yerini alır.

1980'li yıllara gelindiğinde gözden düşen Golliwogg, evlerde çocukların odasını yeni oyuncaklara bırakır ve her şeyin başladığı yere, tavan arasına geri döner.

Hayal Kentinde Bir Masalcı

New York'un ortasında yer alan Central Park'taki heykellerden biri ünlü bir yazara aittir. Hayal dünyasına en güzel kahramanları kazandıran bu yazarın heykelinin önünde her duruşumda şu sözünü anımsarım. "Geziye çıkmak yaşamaktır. İşte o zaman yaşam canlanır, zenginleşir, insan bir pelikan gibi kendi kanıyla değil, doğayla beslenir."

Manhattan adasının ortasına heykeli dikilen yazar Hans Christian Andersen'dir. Danimarkalı ünlü yazar Andersen'in Kopenhag'taki heykeli önünde de aynı sözü gelir aklıma. Andersen'in İstanbul yolculuğunun öyküsüne doğru yola çıkmadan önce, "gezi" hakkında söylediği sözlere ışık tutmak adına, dişi pelikanın yiyecek bulamayınca yavrularını beslemek için göğsünü yarıp kendi kanını içirdiğinin bilgisini verelim.

Fransız yazar Lamartine'in Doğu'ya yaptığı seyahate ilişkin gözlemlerini anlattığı kitabı okuyan Andersen'in, yüreğine İstanbul'u görme ateşi düşer ve zaman geçtikçe de bu istek yangına dönüşür. 1840 yılında, Danimarka'daki *Dagen* dergisinde şu haber yer alır: "Şair H. C. Andersen, şu günlerde İtalya yolculuğuna çıkmış bulunuyor. Oradan da Doğu şiirinin kaynağını incelemek üzere Constantinopol ve Doğu'nun diğer başkentlerine gidecektir."

Elisabeth Jerichau Baumann'ın tablosunda çocuklara masal okuyan Andersen.

Andersen'i bu haberden bir yıl sonra "hayal kenti" olarak adlandırdığı İstanbul'un sokaklarında görürüz. Bir Fransız gemisiyle Marmara Denizi'nden İstanbul surlarının önlerine gelen Andersen, yarımada içindeki camileri ancak bir masalcının görebileceği şekilde Nuh'un gemisine benzetir. 1842 yılında seyahat izlenimlerini yazdığı *Bir Şairin Çarşısı* kitabının "Doğu" bölümünde, İstanbul'un anlatıldığı sayfalarda Nuh'un gemisi bir kez daha çıkar karşımıza. Yazar, Ayasofya'yı anlatırken, Nuh'un gemisinin kapı tahtalarının mabedin kutsal emanetler bölümünde saklandığını yazar.

Evlerin cumbalarının birbirine yakınlığı şaşırtır Andersen'i. Bu yakınlık yüzünden İstanbul sokaklarında şemsiye taşımaya gerek olmadığını düşünür. Baharatın satıldığı Mısır Çarşısı'nı kocaman bir eczaneye, evlerin alt katında, insanların bir seki üstünde oturduğu küçük dükkânları da "oyuncak bebek dolapları"na benzetir.

İstanbul'da gezinirken, Andersen'in anımsadığı bir masal var mıdır? Sorunun yanıtını yazarın kitabında buluyoruz: "Küçük bir çocukken 'Binbir Gece'yi hiç aklımdan çıkarmaz, asma bahçeleri ve fıskiyeli havuzlarıyla mermer saraylar düşlerdim. İşte bu düş şimdi gerçekleşmiş, bütün ayrıntılarıyla canlanarak karşıma çıkmıştı."

Andersen'in İstanbul seyahatinde masalların izlerini ararken, Padişahın geçişine tanık olduğu güne de gitmeliyiz; Sultan Abdülmecit'in geçit töreninde masal dünyasının bir hayal kahramanını anımsayacaktır: "Sultan yaklaşıyor, önünden geçirilen Arap atlarının üzerlerindeki örtüler daha da gözalıcı. Atların kulaklarının etrafına yakut ve zümrütten fiyonklar yapılmış, ince keçi derisinden gemlerine ışıltılı taşlar kakılmış, eğerleri inci ve mücevherlerle bezenmişti. Sanki Alaaddin'in sihirli lambasındaki cinin sahibine bahşettiği bir görkem karşısındayız."

İstanbul'u, *Binbir Gece Masalları* ve *Alaattin'in Sihirli Lambası* gibi doğu masallarının etkisiyle gezen Andersen, Üsküdar ve Kopenhag arasında da bir köprü kurar: "İki yüz elli bin kişinin yaşadığı kente, yani nüfusu Kopenhag'ın iki katı olmasına karşın yine de İstanbul'un bir dış mahallesi olan Üsküdar'a indik."

Andersen'in, İstanbul'da ülkesi Danimarka'yı anımsadığı tek yer Üsküdar değildir! Yazar, Pera'da "Langsch" adlı bir Danimarkalının yaşadığını duyunca soluğu hemen hemşerisinin kapısında alır. Andersen, Danimarka işi bir tabelanın asıldığı dükkân kapısından içeri girer girmez Danca "İyi günler, burada bir hemşerim var işte!" diye seslenir. Sandalyesinden fırlayan Langsch hasretinden kırk yıllık dostuymuş gibi karşılar Andersen'i. İki Danimarkalı derin bir sohbete dalarlar. Langsch, dokuz yıl önce ülkesinden ayrıldığını, Macaristan ve Eflak'tan sonra Romanya'nın Galatz kentinde çalıştığını ve burada evlendiğini, birkaç yıl önce de İstanbul'a yerleştiğini anlatır. Andersen, ülkesine gidebilmek için para biriktiren hemşerisinin dükkânından ayrılırken, sokak tabelasına bir kez daha bakar. Ayakkabıcılık yapan Langsch'ın tabelası çizme şeklindedir. Bir ayakkabıcın oğlu olan Andersen'in, İstanbul'da Danimarkalı bir ayakkabıcıyla karşılaşması, yazarın hayatında unutamadığı hatıralardan biri olacaktır.

Andersen'in Türkler hakkındaki izlenimleri, düşünceleri nelerdir. Olumlu mu, olumsuz mudur?

Tüm dünyanın şapka çıkardığı, her gece masallarının yüz binlerce çocuğun başucunda okunduğu Andersen, Türkleri şöyle anlatır: "Kıyıya yanaştığımızda, kayıkçıya değerinden pek emin olmadığım bir gümüş sikke uzattım; başını iki yana sallayarak cebinden küçücük bir para çıkardı ve daha yüksek bir ücret almasının söz konusu olmadığına dair hiçbir kuşku bırakmayacak biçimde bana gösterdi. Türkler böylesine dürüst insanlardır; burada kaldığım süre içinde her gün, Türklerin en fazla hüsnüniyet sahibi, en dürüst halk olduğuna dair kanıtlar buldum."

İstanbul'a gelen yabancı gezginler arasında Türkler hakkında en olumlu sözler söyleyen Andersen'in, hiç gitmediği New York'un en güzel köşesinde bir heykeli vardır.

Hayatımıza pek çok hayal kahramanı kazandıran, tüm dünyanın tanıdığı ve sevdiği Andersen'in, insanlarının "en dürüst halk" olduğunu söylediği İstanbul'da bir heykeli yoktur!

Bombala Oski Bombala

Çizgi roman dünyasından doğan hayal kahramanları arasına, fotoroman karelerinden katılan da vardır. 1965 yılında İtalya'da doğan bu fotoroman kahramanı Killing'tir. Killing, yüzü dahil bedeninin tamamı iskelet kostümüyle kapanan bir karakterdir. Korkunç görünüşü, sadist ve işkenceci kişiliğiyle toplum değerlerinin karşısında bir kahraman olan Killing'in fotoromanlarında seksi kadınlar da çokça görülür. Gerçek kimliği hiçbir zaman öğrenilmeyen iskelet kılıklı adamın serüvenleri yayınlandığı İtalya'da zararlı görülür ve on dokuzuncu sayısından sonra fotoromanın yayını engellenir.

Orhan Atadeniz, bir çekim sonrası İstanbul'un iki yakası arasında mekik dokuyan bir vapura binmiş, eve dönmektedir. Yolcuların bir kısmı çayını içip sohbet ederken ya da vapurun penceresinden İstanbul akşamının güzelliğini seyrederken Atadeniz'in gözü okuduğu *Son* gazetesinin sayfalarındadır. Yönetmen, o ânı Metin Demirhan'a şöyle anlatır: "Okurken gözüme Killing fotoromanı ilişti. Enteresan geldi. Erotizm var, serüven var, maske yani gizem var, tam benim tarzım dedim; hemen film yapmaya karar verdim. İrfan Atasoy arkadaşımdı, ona söz ettim. 'Gel bu filmi yapalım' dedi."

Orhan Atadeniz'in yönettiği Killing, 1967 yılında *Killing İstanbul'da* ve *Killing Uçan Adama Karşı* adlarıyla iç içe

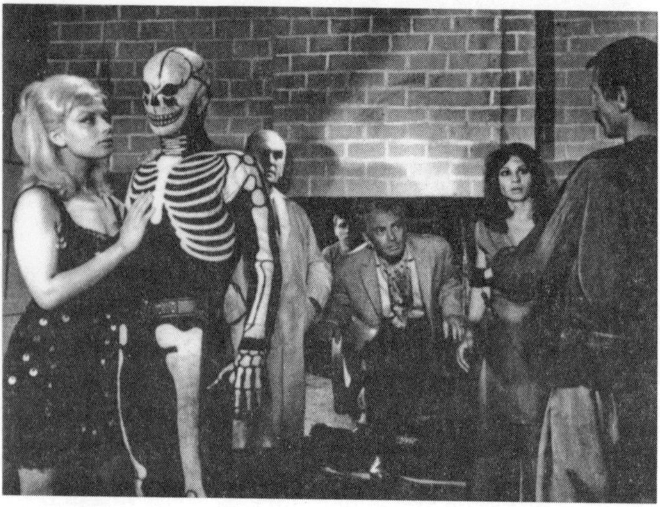

İskelet Adam Killing

iki film olarak çekilir. Filmlerde Uçan Adam'ı İrfan Atasoy oynar. *Killing İstanbul'da* filminin Galata Kulesi'nde çekilen sahnesi dudak uçurtur! Uçan Adam, Killing'i kuleden aşağı atmayı başarsa da, düşen aslında iskelet kılığındaki kötü karakter değil, onun yerine geçen başkasıdır. Killing rolündeki oyuncununsa büyük bir talihsizliği vardır; o da, film boyunca yüzünün hiç görünmemesinin yanında, jenerikte de adı yazılmamaktadır. Tepeden tırnağa iskelet resimli bir kıyafetin içinde çekim boyunca terleyen Killing, sinemamızın emekçilerinden Yıldırım Gencer'dir.

Süper kahramanları Yeşilçam'a taşıyan Orhan Atadeniz, Çetin İnanç'a *Çelik Bilek*'i (Teksas'ı) çekmesini önerir. Neler olup bittiğini Giovanni Scognamillo ve Metin Demirhan'ın *Fantastik Türk Sineması* kitabında şöyle anlatır Atadeniz: "1967'de ben Kilink'leri yeni çekmiştim, biraz param vardı ve 'Git, çizgi romandaki (Teksas mecmuasındaki) Çelik Bilek'in filmini yap, dedim. Ama o gidip çizgi romandakine hiç uymayan bir Çelik Bilek çekti kafasına göre. Başrolündeyse Yıldırım Gencer oynuyordu."

Çetin İnanç'ın yönettiği *Çelik Bilek* bir Yeşilçam westerni olmaktan uzaktır. Yıldırım Gencer'in yüzünü gizlemeden oynadığı ilk başrolü olan *Çelik Bilek* bir köy filmidir! Konusu da son derece sıradandır: Senaryo, sevdiği kız yüzünden ağayla arası açılan bir delikanlının öyküsünü anlatır.

Yeşilçam filmlerine süper kahramanlar sadece dışarıdan gelmez, yerli örnekler de vardır; Orhan Atadeniz'in 1971'de yönettiği *Bela* bunlardan biridir. İrfan Atasoy'un oynadığı Bela, Zorro'ya benzerliğiyle dikkat çeken bir süper kahramandır. Çetin İnanç da 1972'de tamamen "Türk Malı" bir süper kahraman kazandırır beyazperdeye. Başrolünü Hüseyin Zan'ın üstlendiği bu kahramanın adı "Oski"dir. Bir günde, evet sadece bir günde çekilen filmin adı şudur: "Bombala Oski Bombala". Bu filmin ardından Hüseyin Zan'ın adı "Oski" olarak kalacak, hep bu adla anılacaktır.

Hüseyin Zan'ın da Yeşilçam sinemasına kazandırdığı bir çizgi roman kahramanı vardır. Akrebosiye meraklı bir genç olan Levent Çakır, "Sana göre iyi bir rol var" diyen Hüseyin Zan'ın ardına takılır. Hasan Tual'in bir tahta masa ve iki sandalyesinden oluşan "Yerli Film" şirketinin kapısından içeri girer girmez, Zan söze başlar: "Abi, bu çocuk çok yetenekli. Tam senin aradığın adam!"

Hasan Tual, çekeceği filmin atlama, zıplama sahneleriyle dolu, aksiyonu bol bir film olacağını söyleyince Levent Çakır masanın üstüne çıkar ve ters takla atarak yere iner. Şaşkınlığın getirdiği birkaç saniyelik suskunluğun ardından, Tual'in sesi duyulur: "Tamam. Hemen filme başlayın!"

"Zagor Kara Korsan'ın Hazineleri", Antalya, Aspendos'ta çekilir. Levent Çakır, kavga sahnelerinden birinde Kazım Kartal'ı deniz fenerinden aşağı atar. Yönetmen, merdivenlerden inmesini söyleyince Çakır, "Zagor'un maceralarını okudum, merdivenden inecek adam değil" yanıtını verir.

Tüm yalvarmalar fayda etmez, Levent Çakır on beş metre yükseklikteki deniz fenerinden atlayacaktır. Yönetmenin, "Bari bu sahnenin çekimini son güne bırakalım" isteğini de kulak arkası eden Çakır, havada taklalar atarak yere sağ salim inmeyi başarır.

Ne var ki, filmi seyredenler Zagor'un çizgi romanlarındaki ünlü "Ahyaaaak" bağırışını duyamazlar. Onun yerine "Yihuuuu" diye bir ses duyulur! Levent Çakır bunun nedenini şöyle anlatır: "Bu benden kaynaklanan bir olay değil. Biliyorsun o dönemde sesli çekim yapılmıyordu. Oyuncuları başkaları seslendiriyordu. Bu da beni seslendiren arkadaştan kaynaklanan bir durumdur. Film üzerinde yetkili kişiler öyle uygun görmüşler, öyle oldu."

Deniz fenerinden aşağı atılan elbette Kazım Kartal'ın kuklasıdır. Ama, sinema salonunun koltuklarına oturanlar filmde bir de kuklacıyı seyrettiklerini bilmezler. Zagor'un arkadaşı Çiko rolünde oynayan Nevzat Açıkgöz, kukla sanatının ünlü karakteri İbiş'i Gülhane Parkı'ndaki Havuzlubahçe Çayevi'nin sahnesinde oynatan çok değerli bir sanatçıdır.

"Oski" lakabının üstüne yapıştığı Hüseyin Zan kavgalı, döğüşlü sahnelerin vazgeçilmez oyuncusu olur. Öyle ki, bu konuda Yeşilçam'a figüran yetiştiren bir okul bile açar. Zan, dizi olarak çekilen Killing filmlerinden birinde iskelet adam rolünü de oynar. Bu filmin bir sahnesinde Killing, Galata Köprüsü'nden Haliç'in sularına atlayacaktır. Hüseyin Zan'a, arkasından hareketli kameranın gelmesinden dolayı denize atladıktan sonra bir an önce oradan uzaklaşması söylenir. Sahne gereği Killing'in nerede olduğu, kıyıya çıkıp çıkmadığı sır olarak kalmalıdır.

İskelet adam kıyafetindeki Hüseyin Zan, her zaman olduğu gibi Galata Köprüsü'nden aşağıya başarılı bir atlayış yapar. Suyun dibinden epeyce giderek ileride bir yerde tarihi köprünün dubalarına tutunur. Buradan yukarıya çıkmak zor olduğu için kıyıya doğru köprünün kenarından yüzer.

"Yihuuuu.."

Köprü üstüne geldiğinde Hüseyin Zan'ı büyük bir sürpriz bekler: Çekimin yapıldığı yerde kimse yoktur, tüm ekipmanlar toplanmış ve herkes gitmiştir!

Zavallı sinema emekçisi, üstündeki ıslak Killing kostümüyle Galata Köprüsü'nden Beyoğlu'na yürümek zorunda kalır.

Yaşamının son yıllarında balıkçılık yapıp olta satan "Oski", Çınarcık Mezarlığı'nda gömülüdür..

Onların süper güçleri belki yoktu ama, her biri, Yeşilçam'ın olanaksızlıkları içinde çekilen ve seyircilerin güldüğü, ağladığı, hop oturup hop kalktığı nice filme imza atmış gerçek kahramanlardır.

Kaynakça

Abidin Dino, *Adana Yazıları*, Karahan Kitabevi, 2013.
Agah Özgüç, *Türlerle Türk Sineması*, Dünya Aktüel, 2005.
Ahmet Muhip Dıranas, Şiirler, T. İş Bankası Kültür Yay., 1982.
Ahmet Muhip Dıranas, TC Kültür ve Turizm Bakanlığı Yay., 2013.
1. Ahmet Muhip Dıranas Sempozyumu Kitabı, Sinop Valiliği Yay., 1989.
Ahmet Refik, *Türk Mimarları*, Sander Yay., 1977.
Arif Damar, *Külliyen Red*, Bilim Sanat Yay., 2002.
Art Spiegelman, *Maus*, Çev.: Ali Cevat Akkoyunlu, İletişim Yay., 2012.
Asım Bezirci, *Nâzım Hikmet*, Çınar Yay., 1989.
Bedri Rahmi Eyüboğlu, *Dol Kara Bakır Dol*, T. İş Bankası Kültür Yay., 16. Basım, 2015.
Brian Walker, *The Comics Before 1945*, Harry N. Abrams, 2004.
Cemal Süreya, *999. Gün*, Broy Yay., 1991.
Çetinkaya Apatay, *Ertuğrul Fırkateyni'nin* Öyküsü, Milliyet Yay., 1998.
Deniz Gürsoy, *Demlikten Süzülen Kültür: Çay*, Oğlak Yay., 2005.
Derman Bayladı, *Mitoloji Sözlüğü*, Say Yay., 2005.
Devrimler ve Karşı Devrimler Tarihi Ansiklopedisi 4, Gelişim Yay., 1975.
Eduardo Galeano, *Rüzgârın Yüzyılı/Ateş Anıları 3*, Çev.: Nihal Yeğinobalı, Can Yay..
Eduardo Galeano, *Tepetaklak*, Çev.: Bülent Kale, Çitlembik Yay., 2004.
Ekrem Akurgal, *Anadolu Kültür Tarihi*, Tübitak Yay., 1998.
Erdoğan Alkan, *Hapishane Şiirleri*, Kaynak Yay., 2002.
Erol Mütercimler, *Ertuğrul Faciası*, Anahtar Kitaplar, 1993.
Ethem Kocabaş, *Hep Çocuk Kaldık*, Altın Kitaplar, 2008.
Fatma Türe (Editör), *Bir Usta, Bir Dünya: Abidin Dino*, YKY, 2007.
Füsun-Altan Erbulak, *Delikır ile Kırmızı Başlıklı Seyirci*, Güneş Yay., 1989.
Giovanni Scognamillo Kitabı, Bir Levanten Şövalye, Söyleşi: Emel Armutçu, T. İş Bankası Kültür Yay., 2008.
Gökhan Akçura, *Aya Seyahat*, Everest Yay., 2005.
Gökhan Akçura, *Türkiye Sergicilik ve Fuarcılık Tarihi*, TÜYAP Yay., 2007.
Göksel Bekmezci, *Gri Hikâyeler*, Yitik Ülke Yay., 2006.
Güney Özkılınç, *Nâzım*'ın Bursa Yılları, Evrensel Basım Yay., 2010.
Gürol Kutlu, *Bir Oyuncak Müzesi Hikâyesi*, T. İş Bankası Kültür Yay., 2014.
Haldun Sevel, *Ustra Kemal-Şeref Sözü*, Tiglat Matbaacılık, 2001.
İlter Uzel, *Anadolu Uygarlığında Diş Hekimliği*, Adana Ofset Ltd. Şti., 2000.
İskender Pala, Şiirin Sultanları, Asya Finans Kültür Yay., 2005.
İsmail Yavuz, *Mustafa Kemal'in Uçakları*, T. İş Bankası Kültür Yay., 2013.
İstanbul İçin Şiirler, Türk Neşriyat Yurdu, 1953.
Jerry Robinson (Yazar), Walt Kelly (Çizer), *The Comics: An Illustrated History of Comic Strip Art*, Dark Horse Books, 2011.

Joe Lovejoy, Ron Jones, *The Auschwitz Goalkeeper,* Gomer Press, 2013.
K. Hamsun-H.C. Andersen, İstanbul'da İki İskandinav Seyyah, Çev.: Banu Gürsaler Syvertsen, YKY, 1993.
Kaya Özsezgin, *Abidin Dino*, Kaynak Yay., 2015.
Kemal Sülker, *Nâzım Hikmet'in Gerçek Yaşamı (6 cilt)*, Yalçın Yay., 1997.
Küçük Prens'in Güzel Hikâyesi, Derleyenler: Alban Cerisier, Delphin Lacroix, Çev.: Ali Bilgin, Esra Kökkılıç Sumru Ağıryürüyen, Mavi Bulut Yay., 2013.
Levent Cantek, *Türkiye'de Çizgi Roman*, İletişim Yay., 2012.
M. Bahattin Adıgüzel, *Gökteki Venüs*, THK Basımevi, 2004.
Mehmet Aycı, *Kuş Evleri*, Zeytinburnu Belediyesi Kültür Yay., 2010.
Mehmet Örgen, *Güneş Doğacak, Babam Çıkacak*, Alibi Yay., 2015.
Memet Fuat, *A'da Z'ye Nâzım Hikmet*, YKY, 2002.
Metin Öztürk, Mehmet Çiçek, Havva Kara, *Neydi Snoopy'nin Hikâyesi*, Mizah Kültür Dergisi, 1999.
Muhsin İlyas Subaşı, *Ağırnaslı Sinan*, Ağırnas Belediyesi Yay., 2005.
Naci Sağın, Günsel Renda, Eylem Yağbasan, *Hanedan Bir Ressam Abdülmecid Efendi*, YKY, 2004.
Nâzım Hikmet, *Bütün Şiirleri*, YKY, 6. Baskı, 2010.
Nâzım Hikmet, *Sanat, Edebiyat, Kültür, Dil,* YKY, 7. Baskı, 2014.
Nâzım Hikmet, *Yazılar 1935,* YKY, 1987.
Nâzım Hikmet, *Yazılar 1936*, YKY, 1987.
Nebil Özgentürk, *Türkiye'nin Hatıra Defteri*, DenizKültür Yay., 2009.
Necdet Sakaoğlu, *Saray-ı Hümayun/ Topkapı Sarayı*, DenizKültür Yay., 2002.
Necdet Sakaoğlu, *Bu Mülkün Sultanları*, Oğlak Yay., 1999.
Nelson Bridwell, *Superman*, National Periodical Books, 1971.
Nezih Başgelen, *Atatürk'ün Yurt Dışına Öğrenci Gönderme Projesi ve Eskiçağ Bilimleri Alanında İlk Yetişenler*, Arkeoloji ve Sanat Yay., 2011.
Nihat Karaer, *Abdülaziz'in Avrupa Seyahati*, Phoenix Yay., 2012.
Oktay Sönmez, *Anılarda Gemiler*, T. İş Bankası Kültür Yay., 2001.
Oran Karaveli, *Tanıdığım Nâzım Hikmet*, Pergamon Yay., 2002.
Pars Tuğlacı, *Ermeni Edebiyatından Seçkiler*, Cem Yay., 1992.
Ph. Durant-C. Laverdure, *Saint Exupéry: Yaşam Öyküsü*, Çev.: Eray Canberk, Marsık Yay., 2007.
Selçuk Gür, İlk İnsandan Selçuklu'ya Anadolu Uygarlıkları, Alfa Yay., 2007.
Semra Germaner, Süleyman Saim Tekcan 45. Sanat Yılı, T. İş Bankası Kültür Yay., 2006.
Sinan Meydan, *Akl-ı Kemal*, İnkılap Yay., 2014.
Sosyalizm ve Toplumsal Mücadeleler Ansiklopedisi 1, İletişim Yay., 1988.
Tunç Boran, *Anıtkabir'in İnşası*, AFT Yay., 2012.
Turgut Uyar, *Büyük Saat* , YKY, 2002.
Turhan Feyzioğlu, *Bizim Deniz*, Doruk Yay., 1998.
Ulvi Arı, *Pantomime Drama* (kendi yayını), 2014.

Ziyaretçiler, çocuklarının ellerinden tutarak giriyorlar
kapıdan içeri... Çıkarken, öteki ellerinden de
kendi çocuklukları tutuyor!..
Düşlerin, hayallerin tarihi ve çocukluğunuz sizi
İstanbul Oyuncak Müzesi'nde bekliyor...